危险关系

刘心一 著

WeiXianGuanXi

群众出版社

目录

之间还缺少一个环节。是谁把他们联系起来的呢?

第十五章 …………………………………………………… 120

鲁邑觉得有点蹊跷,再细看女孩的脸,心里突然一动:"你是……"

第十六章 …………………………………………………… 128

民警叹口气说:"要说这事还真惨……工厂关门了。孩子妈受刺激,精神失常,半夜出门找孩子,一脚踏空——这就算是家破人亡吧……"

第十七章 …………………………………………………… 135

从李清河的办公室里出来,宋佳终于想通了一件事。单功是个线人。可这回,这个线人犯了大事……

第十八章 …………………………………………………… 144

公安局但凡有大一点的行动,无论事先怎么强调纪律,媒体还是很快就知道了消息……现在公安局破案简直就是跟媒体赛跑,一定要跑在媒体前面,否则准玩儿完。

第十九章 …………………………………………………… 150

崔放明白了钟囿把自己调进曾南南失踪案专案组的意图——他要找点正当的理由把崔放绊住,他希望崔放离沈兰越远越好。

第二十章 …………………………………………………… 159

她知道周伟肯定有什么企图,但她不担心。还有比她现在更糟糕的境况吗?那还有什么可怕的呢?

引　子

7月22日　星期日　深夜

就像不久前突然失去意识的时候一样，崔放的意识也是在瞬间恢复的。整个世界一下子又回来了，各种影像和声音潮水一般涌向他，来不及感受，没办法控制。大量的信息使大脑无法招架，他觉得自己就仿佛是失重了，在各种断断续续的回忆组成的感觉上漂浮。

崔放有点惊慌失措。他觉得呼吸困难。他挣扎着，试图让自己的身体重新获得知觉。有一阵子，他什么也感觉不到，四肢的重量牵扯着他无法动弹。不过，如同电影胶片一般在脑海中快速掠过的影像终于慢了下来，他渐渐可以认出它们，分辨它们，甚至是回忆起它们了。

他再次回到了那条破旧的街道，文昌街是它的名字。但实际上，这里既不“文”，也不“昌”。这里的人落魄、粗野、贫困，他们像野兽一样生活着。到处充斥着毒贩、妓女、小偷、瘾君子、流浪汉，只要是有人的地方，就有肮脏的交易。崔放看到了童年的自己，八岁还是九岁，又矮又瘦，面带菜色，一副营养不良的样子。尽管外面阳光明媚，可他的家——他突然觉得把这种地方称之为“家”十分可笑——阴暗、潮湿、破败、肮脏，甚至有点恐怖。外面的阳光透过屋顶的缝隙钻了进来，一条条细细的光柱里无数尘埃在无规律地游动。独自在家的时候，数那些光柱曾经是他喜欢的游戏，他会把手伸过去，一次又一次地切断它们，看着那些光柱落在自己的手掌上，形成一个明亮的光斑。然而此时此刻，他不敢也不想玩这个游戏。他蜷缩在房间角落的一张小床上，那是这个家里唯一属于他的地方。他背靠着墙，双手抱膝，把头埋在弯曲的双腿中间，紧闭着双眼，等待着即将来临的暴风骤雨。

他的母亲烫着波浪卷发，卷发好久没有打理了，乱蓬蓬的。她身材肥胖，皮肤粗糙，一件白底带粉红色小花的皱皱巴巴的睡裙松松垮垮地套在她身上，前襟上还有两个破洞。她怒气冲冲地走向他，一只手里拿着一把梳头用的绿颜色的木头刷子，嘴里不停地咒骂着，但他没听清她骂的是什么。当她靠近的时候，他畏缩地把头埋得更低了，他闻到了她身上的烟臭味儿，还有她嘴里的酒气。母亲用手里的刷子狠狠地敲着他的脑袋，但他似乎感觉不到疼痛，既不争辩，也不喊叫。他的手依然抱着自己的膝盖，甚至都没有试图护住自己的头。他的沉默使母亲更加愤怒，刷子像雨点一样落在他的头上……

突然间，崔放感到脑袋里充斥着一种有规律的颤动，节奏是如此的密集，甚至让他无法思考。这阵颤动使他的意识回到了现实，刚才眼前出现的那一连串画面一直困扰着他。他不确定他看到的到底是梦境还是回忆。他想动动脑袋，疼痛立刻在他的脑袋里爆炸了。剧痛像电流一样沿着每一根神经蔓延，似乎身体里的每一个器官都破裂了。没有一次呼吸不让他感觉到尖锐的疼痛。感觉到疼痛，就意味着真实的生活回到了他身边。

他想张开嘴大口喘息，却感觉嘴唇黏在了一起，这才意识到自己是脸朝下趴在地上的。他任由自己的意识检查了身体的每一部分，还好都在。他的耳朵里传来断断续续的猛烈的撞击声。他想睁开眼睛，寻找声音的来源，然而他意识到双眼被某种黏黏的、暖暖的液体粘到了一起。他努力睁开眼睛，眼睛里面有血，有那么几秒钟，眼前的一切都是模模糊糊的。他抬起右手，擦掉眼睛上的血迹，他看见了眼前的地面。他就趴在地上，一个有着简陋家具的房间。他慢慢翻过身来仰面躺着，大口喘息。

虽然不是特别确定，但他觉得脸上、脖子上的鲜血都是自己的。他把手伸向头部，摸索着已经肿胀起来的伤口外围，伤口又大又深，从右眼角上面的眉骨附近一直延伸到额头，而且仍然有鲜血从里面渗出来。右眼已经完全被封住了，眼皮肿得黏在了一起，他不确定右眼有没有受损。想到右眼或许已经瞎了，他心里一阵颤抖。

崔放挣扎着坐起来，环顾四周。他分辨出他听到的声音是雷声。夜幕已经降临，周围漆黑一片。他发现自己孤身一人待在房间里。脑袋里连续不断地颤动，实际上是血液不断拍击血管壁的声音。在窗外遥远的地方，隆隆的雷声滚过夜空。他没有时间概念，看看表，十点多了，他昏迷了多长时间？他费力地移到墙边，后背靠在墙上，扶着墙壁摇摇晃晃地站起来。他试图站稳身体，但突然感到一阵眩晕，他想弯腰呕吐，只是强忍着才没有吐出来。这是脑震荡的前兆。深呼吸，他对自己说。但每次深呼吸都导致一阵撕心裂肺的疼痛。有将近十分钟，他全神贯注地只想做好一件事——保持身体处于直立状态。在这期间，他觉得整个房间忽而膨胀，忽而缩小，门窗旋转，就好像他吸了毒一样。

他忽然想起了自己出现在这里的原因。他确认房间里只有自己一个人，但他明明记得，在遭到袭击之前，他看见沈兰倒在地上了。如今，沈兰不见了。或许她被袭击他的人带走了。这至少证明沈兰还活着。那个袭击崔放的家伙甚至没费心思把他捆绑起来。如果下手再重一点的话，他可能已经死了。想到这里，崔放有点不寒而栗。他挣扎着走进卫生间，摸索着打开电灯，看着镜子里那张被打得一塌糊涂的脸。前额上有一道至少三厘米的伤口，头皮都差点被掀开了。根据疼痛判断，他认为他的颅骨可能骨折了。要不了几个小时，脑震荡就要开始了。他知道这种伤情是如何发展的，他以前受过这样的伤。他此时需要的是医生。他的伤口流了很多血，T恤衫上浸透的鲜血已经凝固。他洗了洗脸,然后把一条白毛巾剪成长条,沿着右眼上面包好伤口。把血迹洗掉之后,他发现原来眼皮的肿胀只是由于头部的伤口,他的右眼完好无损。然而,当他失去反抗能力倒在地上的时候,那个家伙肯定踢打过自己的身体,因为随着自己的每一次呼吸,他都感觉到胸腔里的一股剧痛像过电一样不停地从左边贯通到右边。或许那个家伙踢断了自己的肋骨,他无法确定。

他刚才太粗心大意了,太愚蠢了。他居然就那么走进来,像个白痴,像个新手一样。他曾经历过比这危险十倍的处境,和危险十倍的人打过交道,可今天他却差点在这里丧命。很明显,袭击他的人想把他留在这里,任他死去。这个想法突然间让他十分愤怒。但他控制住了自己的情绪,如果想继续完成手头这件事,他必须控制住自己的情绪。现在还不是去医院的时候。

崔放蹒跚着朝门口走去,打开门,他记起这里是四楼。他扶着楼梯的扶手,一级一级走下这四层楼梯。不断重复同一个动作让他气喘吁吁,浑身冒汗。他觉得这四层楼梯永远也下不完似的。院子里空无一人,漆黑一片,寂静无声。他的车还停在门口。他小心翼翼地上了车,发动引擎。然后他掏出手机,手机上有几个未接电话,还有几条短信,他看了看,一个也没回。此时此刻,一切信息都已经不重要了。

在公路上,他尽量保持直线行驶,可是这太难了。汽车的震动让他觉得天旋地转。在刚开始的一刻钟里,他不得不停了两次车。他头晕目眩,再次意识到自己的状况——脑震荡的确危险,但颅骨下面的血块才是致命的。如果要确保万无一失的话,他应该先去医院。但是来不及了,他知道他现在应该去做什么。他踩下油门,汽车又缓缓上路了。他盯着路面上的白线,尽量集中注意力,但他的思绪却难以控制。

仅仅在三天前,他的生活还是单调、平淡、枯燥、无聊,可是刹那间,一切都改变了。他仿佛又回到了从前的生活中。他曾经想要忘却的那些记忆，极具冲击力地、确定不疑地再一次进入了他的生活，尽管是以另一种形式，但毫无疑问的是，它又回来了。

他有些困惑，这一切都是怎么发生的？

远处的天空中，云层之间的闪电时隐时现，每次闪电之后，他默数到九或者十的时候，巨雷就开始炸响，像是一头困兽发出的愤怒的长啸滚过夜空。

暴风雨就要来了。

第一章

三天以前　7月19日　星期四

小高桥街位于二环路西北角，是一片老式的四合院，据说在清朝和民国时期住的都是官宦人家，因此至今还保留着一些古旧的风格，门前的上马石、屋顶飞檐上那些叫不出名字的飞禽走兽，都印证着当年的奢华。如今，住在这里的虽然不再是皇亲贵胄，却也多是衣食不愁的人家。不论他们从事职业的高低贵贱还是银行账户里存款数额的多少，在二环以里寸土寸金的地段拥有一片房产，就等于拥有了永远保值的股票。

7月19日星期四晚11点。小高桥街的大多数居民们没有意识到这个闷热的夏夜与以往有什么不同。表面上看起来确实如此，家家户户院子里或明或暗的灯光，三三两两出来乘凉或遛狗的居民，昏黄的路灯底下喝着茶下棋的老人和他们周围那些观棋不语的君子们，以及偶尔从谁家院子里传出来的一阵喧哗。人们用不同的方式打发掉伏天难熬的夜晚。

长时间盯着夜视望远镜，程霄晋的眼睛有点酸涩。作为监视点的小阁楼下方那条仅容两车并行的狭窄街道上，可以看到四五个人围着两个下棋的老头儿观战。程霄晋认出，其中一个是刑警队的外线便衣。

已经守候一个多小时了,对面那座二层小楼——小高桥街73号,依然毫无动静。宋佳拍拍程霄晋的肩膀:“队长,您歇会儿,我来盯着。”他接替了程霄晋的位置,猫腰通过夜视望远镜观察。程霄晋直了直腰,汗水从额头上淌下来,顺着眉毛流进眼里。带着盐分的汗水刺激着角膜,他的眼睛一阵刺痛,立刻觉得眼泪汪汪的。他不敢用手擦,抬起右臂,把汗水和泪水都蹭在短袖T恤上。T恤早已被汗水湿透了,他并没觉得眼睛的刺痛有所缓解。他眯缝着眼睛看了看身后的几个部下,大家的情况都差不多——由于担心引起对面的怀疑,他们没开灯,没开空调,连窗户都没开。窄小的阁楼里一共挤了六个警察,又不通风,每个人的呼吸都很粗重。

这个监视位置并不理想,但小高桥街没有高层建筑,二层楼以上的民房很少见。迫不得已,他们和这栋房子的主人协商,暂时征用了他们的阁楼。73号的围墙很高,在阁楼里,根本看不见对面院子里的情况。程霄晋本想在73号的院墙上方安个针孔摄像头以便观察,但外线民警发现房子的主人在院门上装有防盗报警装置,所有经过门口的人都不会逃过屋里人的注意。所以他只得放弃这种尝试。

两个小时前,程霄晋接到林柯的电话,今晚11点老杜要发一批货,对方身份不明,地点就在小高桥街73号。时间仓促,几乎来不及准备,程霄晋召集刑警队现有的人手先行一步,同时和自己的顶头上司、主管刑侦的副局长钟囿联系。在钟囿的协调下,防暴大队的一队特警随后出发。林柯在电话里说,今晚是大宗交易,老杜有可能亲自出马。如果能人赃俱获,他的任务就可以告一段落。

林柯说:“队长,能不能给我记个头功?”

程霄晋回答:“我把队长让给你都行。”

林柯两年前从公安大学毕业,刚刚分配到B市公安局就被程霄晋看中了。虽然年轻,缺乏经验,但他有热情,反应敏捷,有冒险精神。最重要的,林柯不是B市人,这里没人认识他,背景清白,正是做卧底的最佳人选。最近,林柯连续提供的两次情报都很准确。可惜的是,这两次交易老杜都没有直接参与,警方仅仅抓获了几个小角色。

现在的贩毒组织越来越精明,进货、加工、分销、洗钱,都有专人负责,各个环节之间没有横向联系,警方或许会破获其中的一个环节,却难以摧毁整个贩毒网络。因此,程霄晋对林柯此次提供的情报格外重视。老杜是B市贩毒网络中的一个重要环节,只是警方一直没抓到真凭实据。这次如果能人赃俱获,将是个不小的收获。

为稳妥起见,程霄晋只通知了城西分局刑警大队,但没通知当地派出所。倒不是不信任他们,派出所的人太显眼了,他们的面孔一出现,毒贩子恐怕都会被吓跑。先期赶到的公安民警在小高桥街73号对面的一幢居民楼里布置了观察哨,随后赶到的便衣控制了73号附近的所有出入通道,特警队集结待命。一切准备就绪,就等着毒贩子出现。

钟圁来过好几次电话,催问有什么进展。可73号的窗帘拉得严严实实,若不是二楼窗口空调机箱的风扇在转动,甚至无法确定里面是否有人。11点了,73号无人进出。宋佳有点沉不住气了,扭过头问:"队长,今天还有戏吗?会不会有什么变故?"程霄晋摇摇头。他心里也有点着急,脸上却不露声色,他不能让部下看出来,这会影响他们的情绪。此时,他不能主动和林柯联系,这一点最让他担心。

关于是不是把林柯撤出来,他和钟圁的意见不太一致。钟圁认为前两次提供的情报虽然准确,但战果不明显,充其量打掉了老杜的一两条毒品分销线路,对老杜没什么实质上的威胁。他希望林柯再坚持一段时间,因为老杜两次失手,一定急于再次交易以弥补损失,否则他的资金链就会出问题。

程霄晋的心情则比较矛盾。一方面,他和钟圁一样,希望林柯能够坚持下去。最近局里风传他的支队长职务可能会有变动,但政治处还没找他谈话。他想探探钟圁的口风,钟圁态度暧昧,让他安心工作,不要听信传言。官场上的传言历来分两种,如果传说某人会被提拔,不一定是真的;如果传说某人要遭排挤,大多能应验。他不清楚自己属于哪种情况,于是就做好了最坏的打算。在刑警支队长的职位上坐了十多年,得罪了多少人他都不记得,按说早就该下来了。最近这段时间,他陆陆续续把手头的工作向副支队长金三顺移交。本来今天的行动应该让金三顺参与,但事发突然,金三顺还在二百公里外的省城办案,今晚肯定是赶不回来了。程霄晋估计,这可能是自己刑警生涯里的最后一桩大案,他希望能办出个结果。另一方面,他又担心林柯的安全。持有五十克海洛因就是死罪,随便一个毒贩子都够枪毙几个来回的,他们都是彻头彻尾的亡命徒。一般的罪犯在对警察下手之前或许有所顾虑,唯独毒贩子不会犹豫——他们横竖都是死。程霄晋不想让林柯冒无谓的危险。老杜这么精明的人,吃了亏,他就要查原因。林柯是不是能够过关,他心里没谱。尽管林柯曾经向程霄晋保证,老杜没有怀疑到他头上。但这并不能打消程霄晋的担忧。行动之前他告诉钟囿,不论是否成功,今晚的行动之后,他坚决要把林柯撤出来。

"队长,你看……"宋佳指着小高桥街的尽头。远处亮起两道灯光,是车灯。接着,传来引擎的声音。屋子里的人都提起了精神。外线的便衣通过无线电向程霄晋报告:"一辆宝马 SUV,车里的人看不清楚,至少有两个。"程霄晋无法确定林柯是不是在车里,他让宋佳通知下去,不到万不得已千万不要开枪,以免混乱中伤到自己人。

宝马 SUV 缓缓驶到 73 号门前,响了两声喇叭,停住了。车灯依旧亮着,引擎没熄火。两分钟后,73 号院子里的灯亮了,大门随即打开,门口出现了一个穿白色圆领 T 恤和一条大裤衩的中年男人。程霄晋仔细辨别他的相貌,与户籍卡上的照片有些相像。73 号的户主叫闻见安,四十岁,是个汽车销售代理,妻子女儿都在澳大利亚。

驾驶员一侧的车窗缓缓降了下来,里面露出一个年轻人的脸,不是林柯。他和闻见安打了个招呼,把宝马 SUV 倒进了院子,院门又关上了。几分钟之后,二楼的窗帘后隐约透出灯光。

外线便衣通报，根据开关车门的声音，可以确定宝马的后座也有乘客，车里至少有三个人。他们请示是否开始行动。程霄晋犹豫不决。林柯说老杜会参与交易，但现在无法确定老杜是否在小楼里。他向钟囿请示。电话里，钟囿沉吟片刻，“有没有可能找个人试探一下？”

“时间太晚了，不论以什么理由敲门，恐怕都会引起他们的警觉。”程霄晋说。

“那你的意见呢？”

程霄晋心里暗骂钟囿滑头，没把握的事钟囿从来都不表态。可这个时候自己不能和他扯皮，他说：“我建议按兵不动。看不到老杜，我们绝不动手。说不定这是老杜的试探。如果我们贸然行动，又找不到毒品，小林就危险了。”

钟囿沉默了一会儿说：“那就再等等吧。”

除了二楼隐约的灯光，73号院一点动静都没有。

“我们这是去哪儿？”坐在副驾驶位置上的林柯觉得方向有点不对头。小高桥街在二环路西北角，可江泉却没上二环，而是从二环路的立交桥下穿过一路往西驶向三环路方向。

“临时决定换个地方。”江泉开车的同时，不停地看着后视镜，以防有人跟踪。

“怎么事先不告诉我？”林柯回头看看坐在后座的曾亿凡，“你知道吗？”

曾亿凡阴沉着脸，默默无语。他手里抱着个黑色皮箱，林柯知道，那里面是五公斤四号海洛因。

“换到什么地方？”林柯又问。

“别问那么多了，临时换地方是对方提出来的，又不是第一次。”江泉不耐烦地说，“具体什么地方我也不知道，只知道个大方向，杜哥到时候会告诉咱们。”

丰田普拉多越野车驶出三环路，渐渐远离了夜晚的喧嚣，路两旁的高层建筑也越来越稀疏。前面不远处突然出现了几个巨大的黑黢黢的阴影，孤零零地矗立在漆黑的天幕之下。那是几幢盖了半截儿的烂尾楼，见证着二十世纪九十年代那场房地产热潮的疯狂。如今，它们成了那些无家可归者和传销组织的栖身之地。

林柯隔着裤子摸了摸兜里的手机。老杜一向谨慎，出来之前，老杜收走了所有人的手机，就江泉身上有一部。林柯偷偷把和程霄晋联系的专用手机带在身上，但这时候他却无可奈何，总不能当着他们的面通知程霄晋临时起了变故。

行至一幢烂尾楼前，江泉的手机响了，丰田越野车降低了车速。

林柯问："是杜哥的电话吗？"

江泉并不理他，对着电话说了几声"是"。从他恭敬的语气，林柯判断出对方是老杜。

等江泉挂了电话，林柯又问："杜哥什么时候来？"

"谁跟你说杜哥要来？"江泉把车停在路边，却没熄火，车灯依旧亮着。他眯缝着眼睛，看着远处，似乎是在寻找接货方。

老杜不来，林柯失望地意识到今天晚上的行动算是泡汤了。估计程霄晋在小高桥那边也很着急，可他一点办法也没有。

对面不远处亮起两道灯光，晃得林柯有点睁不开眼。原来接货方早已经等在这儿了。

"下车吧。"坐在后座的曾亿凡说。

三个人下了车，"砰砰砰"关车门的声音在夜幕下显得有些令人心悸。曾亿凡提着箱子走在中间，江泉和林柯在他的左右。借着车灯光，林柯看见对面也走过来三个人影。双方各三个人，不许带武器，这是事先说好了的。

两拨儿人逐渐靠近，大约相隔十米的时候，双方不约而同地停住了脚步。林柯看到对面那三个人的面孔，他早已把B市警方掌握的所有毒贩的相片牢记在心，可对面这三个人里，并没有他熟悉的脸。

走在中间的那个男人是个光头，三十多岁，身材中等，右手也提着个黑色皮箱，那里面应该是现金。林柯隐约看到他的右臂上有文身，似乎是蛇或者龙，也可能是蜈蚣，周围光线不好，他看不清。

光头右侧的一个大汉向他们走了过来，曾亿凡冲江泉点点头，江泉会意，也向对方走去。两个人在中间相遇，同时站住，礼节性地互相点点头，然后轮流搜对方的身。一切正常，他们继续向前走。江泉走到光头面前，光头很合作，抬起双手任江泉搜，看上去很放松的样子，右手提着的那个箱子晃晃悠悠的。这边也是一样，那个大汉先搜曾亿凡，接着搜林柯。然后他们回身向自己人打招呼，示意双方都没有武器。

林柯看到对面的光头慢悠悠地把两只手放下来，心里隐隐觉得有点儿不对劲，但哪里不对他也说不上来。此时江泉已经回来了。双方再次向前走，在距离一米左右的时候都停了下来。

光头冲曾亿凡说："货带来了？"

曾亿凡并不回答，而是反问："钱带来了？"

"先看货。"光头说。

"先看钱。"曾亿凡也不让步。

不过，林柯想，总有一方要先让步。

光头很坚决，"看不到货就免谈。"

曾亿凡犹豫片刻，大概是考虑到老杜急于出货的心情，终于点了点头。他把手里的箱子平举起来，打开箱盖，把里面的东西亮给对方。箱子里是五个透明塑料袋，里面全是白花花的粉末。刚才搜身的那个大汉上前一步，林柯知道他准备验货了。这一刻他突然想到以前看过的警匪片里涉及毒品交易的场景，电影里验货的人总是用手指蘸一点毒品放到嘴里尝，然后装模作样地冲自己的同伙点头。不知这是谁的创意，林柯想，这么尝可什么都尝不出来。而且，如果真正的毒贩们看过这些电影的话，恐怕都会笑得满地找牙。

大汉用手指抠破一个塑料袋，拈起一小撮白色粉末，又从兜里掏出一张锡纸，把粉末倒在锡纸上，从裤子口袋里摸出一个打火机在锡纸下点燃。锡纸上泛起一股白色的烟雾。这才是最常见的验货方法。如果烧过之后留下许多黑色的渣子，说明货不纯；如果烧过之后锡纸很干净，说明是上等货。这次老杜的货绝对没有问题。大汉冲光头点点头，光头冲曾亿凡微笑着，看样子很满意。

"该看钱了吧？"曾亿凡问。

光头笑着点头，举起钱箱，准备打开箱盖。这回林柯看清了，他右臂上文着一条蜈蚣，张牙舞爪的，在灯光下看着有些让人心惊肉跳。

江泉走上前去，这时候林柯突然意识到问题在哪儿了。按谈好的价钱，五公斤海洛因换五十万现金，这是批发价。五十万现金是什么？一百元面值的人民币，一捆一百张，一共五十捆，分量不会轻。可自从交易开始林柯就注意到，光头提着箱子的样子很轻松，不是一般的轻松。箱子是空的！

他想提醒江泉，可是太晚了，光头闪电般地打开箱盖，从里面抽出一支手枪顶在江泉的脑门上。瞬间的变故让江泉和曾亿凡目瞪口呆，林柯迅速思忖着脱身之策。

"这玩笑开大了吧。"曾亿凡似乎明白了形势，极力保持镇定。

"谁他妈跟你开玩笑！"光头的笑容早不见了，代之以一副恶狠狠的表情，他用枪口点着江泉的头，"这小子是他妈条子！"

在场的人没有谁比林柯更吃惊。林柯心想这话应该对我说啊，我才是警察，怎么也轮不到江泉啊？林柯亲眼见过江泉动手杀人，他怎么会是警察？

曾亿凡同样吃惊，"兄弟，误会了吧？"

"误会个屁！"话音没落，光头的枪已经响了。江泉的后脑漫起一片血雾，整个头盖骨都被掀开了，他哼都没来得及哼一声，就重重地栽倒在地上。

接着光头的枪对准了曾亿凡。

林柯明白了，光头是要黑吃黑。其实他根本不知道谁是警察，就是个借口而已。林柯权衡着形势，思索着怎么脱身。光头身后的两个大汉已经在向他靠近。

曾亿凡猛地把手里的箱子往光头身上扔过去，转身向汽车的方向飞奔。飞到空中的箱子暂时挡住了光头的视线。趁光头的注意力在曾亿凡身上，林柯也迅速转身向烂尾楼的方向跑去。他觉得跟着曾亿凡跑是死路一条。除了最近的那幢烂尾楼，四周一片空旷。在这种地方乱跑没有一点机会。他听见身后传来两声枪响，他没有回头。

第二章

7月20日　星期五

金三顺一直不适应医院里的气氛。到处一片惨白，来苏水的气味充斥着所有的空间，看不到一张快乐的脸。他一生没得过什么大病，平时感冒头疼之类的都是自己吃点药扛过去，不到迫不得已，他坚决不去医院。当刑警二十年，除了每年例行的体检，迫不得已的情况发生过三次。第一次还是差不多二十年前，他刚进入刑警队就遇上一起大案，抓捕犯罪嫌疑人的时候挨了三枪，都打在防弹衣上。当时他觉得浑身上下的骨头都散了架，大脑一片空白。在医院醒来后却发现自己没受什么伤。第二次就没这么幸运了，他在大街上追捕摩托党，专抢妇女挎包的那种。金三顺把坐在摩托后座的那个小子拽了下来，没想到那小子手里有家伙，一刀把金三顺的右手手掌刺了个对穿。第三次更是痛心，两年前抓捕毒贩子的时候，毒贩子从二楼跳了下去。金三顺想都没想，跟着往下跳，跳得有点太急了，落地的瞬间他失去了平衡，右手下意识撑了一下地面。当时他没觉得自己受了伤，抓到毒贩子之后才觉得右臂剧痛，当天夜里，整条胳膊都肿了，到医院一检查，原来是右前臂骨折。好在骨头没错位，打了一个多月夹板。拆掉夹板的当天，妻子把一纸协议放在他面前。“或者你不再当警察，或者咱们离婚。你今天断了胳膊，明天或许会断了腿，谁知道什么时候你会断了脖子？”金三顺不能不当警察，所以他选择了不要老婆。

从省城赶回来的时候，已经是7月20日的清晨。金三顺直接去了市第一人民医院。路上他和宋佳通过话，宋佳告诉他，就在他们守候在小高桥街73号外面的时候，有人给公安局打了匿名电话，沙沟一带的烂尾楼里有人中枪，警方在那里发现了两具尸体，还有昏迷不醒的林柯。

为了安全起见，程霄晋一直和林柯单线联系，局里知道林柯这个人的除了程霄晋就是副局长钟囿。金三顺和宋佳只知道程霄晋在贩毒集团内部有一个消息来源，具体情况他们一概不知。宋佳是第一次见到林柯，他对金三顺说，林柯当时的样子很吓人，背部不时抽搐，口吐白沫，脸色青黑，鼻腔口腔都是血。那幢烂尾楼里一个人也没有，宋佳发现在二层到五层的几个没门没窗的房间里有些没喝完的矿泉水瓶子以及煤油炉之类的生活用品，他估计有人在这里居住，只是看见警察都躲起来了。另外两幢烂尾楼里住着二十几个传销组织的下线。宋佳估计是他们当中的某个人报的案，但询问他们的时候，他们却众口一词地说什么都不知道。对付这些人，宋佳有的是办法。现场勘察的民警直到第二天凌晨才结束工作，宋佳让他们全都撤走，自己带着几个民警躲在烂尾楼里。果然，没多久，三个家伙鬼鬼祟祟地回来收拾他们的锅碗瓢盆。宋佳一点不客气，把他们全带走了。三个家伙被押上警车的时候大喊大叫，引得另外两座烂尾楼里的人探头探脑。

小高桥街73号里的几个人和贩毒活动都不沾边。直到宋佳和金三顺通电话之前，开着宝马SUV进去的那几个人才出来。他们打了一宿麻将。

林柯被送到医院之后抢救了三个小时，依然没脱离危险，现在还在重症监护室。林柯后背中了两枪，其中一枪打在脊椎上，第六、七节脊椎爆裂性骨折，脊髓受到严重损伤。报案的人用的是路边的磁卡电话，电话的位置离那片烂尾楼有一站地左右，耽误了不少时间。

救护车赶来的时候,林柯已经失血性休克。医生说,林柯的大脑长时间缺氧,受到很大损害,即便能救活,多半也是高位截瘫,或者更糟糕——植物人。

已是深夜,医院的走廊里空空荡荡的,急救室上方的红灯早已熄灭,程霄晋依然枯坐在走廊里的长凳上。看到金三顺,他只是点了点头,却没说话,指了指走廊尽头重症监护室的方向。金三顺走过去,隔着玻璃看到了浑身上下插满各种管子的林柯。林柯一动不动,他脸上戴着氧气罩,看不清他的面部,旁边的心电图基本是一条直线,偶尔有蚯蚓般的微微起伏。金三顺默默看了一会儿,回到程霄晋身边坐下。

"明天,小林老家的父母就要来了,我该对他们说什么?"程霄晋的眼中已经蒙上了一层水雾。

金三顺无语。既然选择了这个职业,就永远无法回避这个问题。

"我当初要是坚持把小林撤出来就好了……"程霄晋抬起头,"钟囿把我调离了这个案子。"

"他妈的过河拆桥!"金三顺既吃惊又愤怒,"这种事谁料得到?这帮当官的,咱们为他们的乌纱帽玩命,干得好都是他们的功劳,干不好全是咱们的责任——"

"别说了。"程霄晋打断他的话,"我的责任无法推卸。我太急功近利了,太想抓到老杜了。当初要是为林柯的安全多考虑一点,也不会有现在这个结果。"程霄晋轻轻嘘了口气,"而且我老了,今年我五十五岁,没几年就要退了。局里早就有换人的意思,只是具体人选还有争论。在支队长的位置上我干了十多年,早就该给你们这些年轻人腾地方了。你和宋佳都是我一手带起来的,可这么多年来,就因为我挡着道,一直没进步。你要抓住这次机会,把这个案子破了,至少要抓到打伤小林的凶手。回头我会把手头的材料都移交给你。我听说这个案子省厅也很关注。好好表现,别让我失望。"

"我不在乎当不当官,这你知道。"金三顺说。

“你要是不争取一下，以后说不定要在一个白痴手下干活。到时候就不是束手束脚的问题了。”程霄晋站起身，轻轻拍了拍金三顺的肩膀，“替我在这儿守一会儿吧，我要回局里写报告。回去之后，我叫人来替你。”

说罢，程霄晋缓缓向出口走去。金三顺注意到，他的脚步有些蹒跚。

一年前，B 市所有政府机构统一迁往城北开发区新建的办公区，B 市公安局也跟着搬来了。新公安局大楼称得上是标准的现代化建筑，指挥中心位于十六层高的主楼上，刑侦、经侦、治安、交警、出入境管理、法医鉴定中心等部门都有自己专属的楼层，此外，还有一座独立的培训中心，里面运动场、射击场、游泳池、各种电化教室等一应俱全。

和刑警支队以前的办公环境相比，现在简直可以说是鸟枪换炮，可程霄晋总觉得新办公楼缺少点什么，具体是什么，他也说不太上来。B 市公安局的旧址位于老城区市中心附近，是一幢六层的老式建筑。它的历史可以追溯到民国初年，最初是个大军阀盖的私邸，日本侵华时期被特高课征用，后来又成为军统在 B 市的总部。解放后，这座建筑划归 B 市公安局使用的时候，它已经过多次改建，几乎看不出本来的面目了。如今，这座大楼和市中心的其他建筑一样，早已被夷为平地，重新建起了一片高楼大厦，成为金融一条街的一部分。

20 世纪八十年代末，程霄晋从部队复员，转业当了警察。没赶上自卫反击战是他最大的遗憾。他在老城区的旧办公楼里工作了三十多年，亲眼见证了它的变化。最初在这里上班的时候，空间还是相对宽敞的。随着 B 市城区不断向外扩展，公安局的机构越来越多，自然，民警人数也越来越多。到二十世纪末，B 市公安局已经下辖六个分局，市公安局大楼更是变得拥挤不堪。最后竟然发展到这样的程度，大一点的房间全部被打上隔断，变成两个或三个小房间，甚至市局所有部门的副职都很难弄到一间单独的办公室。每天上班期间，这座大楼里的人们耳根难得清净。到处是打电话的声音，传真机接收或发送传真的“嗡嗡”声，急匆匆的脚步声，不时从哪个房间里传来“××接电话”的喊声，楼上楼下或者隔壁挪动桌椅的刺耳的噪声，当然，也少不了被带进来的犯罪嫌疑人喊冤叫屈的声音，多半是：“你们凭什么抓我？”

程霄晋习惯了这种气氛，所以刚刚搬到新办公楼的时候，他感到很难适应——相比之下有点太安静了，大白天走在楼道里都能听见脚步的回声。缺人气？有时候程霄晋会冒出这样的想法。另外，新办公区对大多数民警来说还有个麻烦——交通不太方便。民警们多数家住老城区，城北一带又是B市最繁华的地方，二十四小时堵车。程霄晋很幸运地有一辆局里配发的三菱帕杰罗，即便如此，每天开车上班也要在路上浪费近四十分钟。

从医院出来，又赶上交通高峰。程霄晋今天特没耐心，一路上不停地按着喇叭。在一个路口左转的时候，为了抢行，别了一辆正常行使的沃尔沃。沃尔沃里衣冠楚楚的女司机愤怒地摇开车窗，冲着程霄晋竖起一根中指：“警车就了不起呀……”后面的话程霄晋没听清。

回到局里的时候还不到上班时间，程霄晋坐电梯上了十五层，钟囿正在办公室里等着他。几位副局长也都在这一层办公。市公安局的最高领导，市公安局党委书记、局长刘潜的办公室在十六层。自搬到新址以来，程霄晋还没机会上过十六层。

副局长钟囿不到四十岁，中等身材，相貌堂堂，就是稍微有点发福。从身材上还看不太出来，但双下巴确实是已经很明显了。每天上班他都穿着笔挺的制服，制服下面的衬衫永远白得耀眼。程霄晋猜测，他的衬衫是每天都要熨的。局里的大多数高级领导平时上班的时候很少穿制服，钟囿是唯一的一个。他解释说，这样是为了时刻提醒自己的警察身份，一举一动都要像个警察的样子。据传闻，钟囿年轻的时候做过一些十分危险的工作。程霄晋不知这事是真是假，但是根据他晋升的速度，程霄晋估计有可能确有其事。大概十多年前，上级突然任命钟囿担任城西区分局刑侦大队长。当时活动这个位置的人不少，其中不乏一些有背景的人物，钟囿的任命爆了个冷门。在此之前，B 市公安系统里几乎没人听说过这个名字。当时就有一些传闻，说钟囿曾经在某个犯罪团伙里当卧底，成功破获了当时全省挂号的涉黑大案，立了功。上级从未澄清这个传闻，但从此之后钟囿几乎是平步青云，从城西公安分局刑警队长到主管刑侦的副局长，再到局长，前不久又被任命为 B 市公安局副局长，依然主管刑侦。程霄晋想，如果那些传闻确有其事，钟囿实在是做了一桩合适的买卖。他不由得想到了正躺在医院里不知死活的林柯，小林也是卧底啊。

程霄晋进去的时候，钟囿坐在宽大的办公桌后面，警服穿得一丝不苟，低头审阅着一个红色的塑料文件夹里的文件。“坐吧。”说话的时候，他没有抬头，依旧阅读着那份文件。

程霄晋没动地方，有时候领导请你坐下只是客套。他站在钟囿对面等着，一言不发。屋里的空调很凉，程霄晋觉得有点冷。

钟囿终于看完了文件，合上文件夹。程霄晋注意到，文件夹封面的标签上用黑色记号笔写着 XR 两个字母，不知道这是什么意思。钟囿站起身，把那个文件夹放进身后的一个铁皮文件柜里，然后上了锁。他转过身，看到程霄晋依然站着，并没有继续请他坐下。程霄晋由此判断，这次谈话不会持续很长时间。

“小林的情况怎么样?”钟囿也没坐下，他用手轻轻拽了拽衬衫的领口，似乎那领口勒得有点太紧了，让他不太舒服。

程霄晋百分之百肯定钟囿早就知道了林柯的情况，但他还是说：“不好，还昏迷着。”

“我听说他的父母要来。”这话并不是一个问句，表明钟囿已经知道了这个消息，因此程霄晋没接口。钟囿继续说，“尽管牺牲在咱们这行在所难免，我还是很痛心。如果你见到他的父母，替我转达 B 市全体民警的敬意。另外让他们放心，不论出现什么情况，公安局一定会管到底，不要担心费用问题。哪怕小林在医院里躺一辈子，他依旧是我们的好兄弟，我们不会丢下他不管。"

"还要告诉他们，我们一定会找到凶手。"程霄晋忍不住补充了一句。

钟囿的目光在程霄晋脸上扫视了一下，没有接这个话茬，"省厅很关注这件事，我刚刚和许副厅长通过电话，他要我们尽快拿出一个结论。"说到这儿他停下了，皱着眉头，似乎在斟酌着措辞。

程霄晋知道他想说什么，马上接口说："我会尽快把所有材料移交给金三顺。"

钟囿似乎松了口气："你能理解就好。另外，公安局内部还要成立一个调查组，省厅也会派人参加，针对这件事进行一些调查。不过你不要有顾虑，也别有什么情绪，出了这种事，调查是正常的。你是老同志了，应该能明白。"

"您放心，我会配合调查组工作。"程霄晋尽量控制住自己的情绪。这套官腔程霄晋听得多了，他知道不出意外的话，自己这个刑侦支队长算是干到头了。

"把这件事的前后经过，写一份详细的报告……"钟囿还要嘱咐什么，桌子上的红色专线电话响了。他拿起听筒，"喂，我是钟囿。"

程霄晋不知电话是谁打来的，他注意到钟囿的神色有点不耐烦："我们现在忙得要命，昨天晚上出的事让我们焦头烂额，现在全市的民警都在为这件案子奔波，我哪里抽得出人手，能不能按常规程序先调查着……那好吧，我明白了。"

放下电话，钟囿半天没说话。程霄晋估计这里没自己什么事了，对钟囿说："钟局长，那我回去准备一下。"说罢就要离开。

"等等。"钟囿叫住他，叹了口气，"老程，写报告的事先放一放吧。"

程霄晋站住了，诧异地看着钟囿。

“出了点意外。”钟囿的表情有点古怪，“你知道检察院的曾仲良吧？”

程霄晋点点头。他是刑警，少不了和检察院打交道，B市检察院副检察长曾仲良他见过几次。

“他女儿失踪了。昨天发生的事。”钟囿无可奈何地看着程霄晋，希望他能明白自己的意思。

但程霄晋不明白。他现在的情况和被停职差不了多少，他不明白副检察长的女儿失踪和自己有什么关系。

没有从程霄晋身上看到预期的反应，钟囿只好继续说：“昨天下午放学之后小女孩没回家。她妈妈以为她出去玩了，可直到天黑了也不见踪影。到处都找遍了，亲戚朋友家，小姑娘的同学老师家，都没有。到现在也没有任何消息。”

“我以为像副检察长那样级别的干部，他们的孩子上下学都是有车接送的。”程霄晋说。

“学校就在检察院家属楼所在的小区外五十米，孩子每天放学都是自己回家。”

“可昨天下午到现在，还不到二十四小时。”程霄晋指出。

“这我都知道。”钟囿有点不耐烦了，“刚才是刘局长给我打的电话，他让我们尽快找到孩子。我刚才怎么说的你都听见了，我也没办法。要不这件事情你先组织人手查一下吧。”

“你的意思不是要成立专案组吧？”听钟囿的话，程霄晋觉得他就是这个意思。程霄晋有点难以置信，尽管多年来他早已领教了特权的威力，一个副检察长的女儿和一个平民百姓的女儿就是如此不同。但现在的情况是，连小孩是不是真的失踪了都不好说，没准儿是孩子一时兴起搞个恶作剧也说不定。

“你不愿意叫专案组也可以，但要有专案组的规模，这件事由你负责，我可以把内部调查组的事先缓一缓。”

“能不能让城西分局把这个案子接过去？”程霄晋现在没心情掺

和到这么个没头没脑的案子里。他知道检察院的家属宿舍区属于城西分局管辖，按说这种事也应该由城西分局处理。

“不行。”钟囿很果断，“刘局长说了，这事必须由市局接手。一旦小孩真的失踪了，我们要在全市范围内查找，城西分局协调不了。再说，小林出事的地点在他们的地盘上，他们的担子也不轻。这件事要特事特办，和检察院搞好关系对咱们公安局只有好处没有坏处。至于人手，”钟囿思忖片刻，“和金三顺协调，城西分局的人你也可以适当抽调几个，但前提是不能影响目前林柯的案子。我知道这有点困难，克服一下吧。”接着他又想起了什么，“你可以把七大队的人都调来。”

听见“七大队”三个字，程霄晋明白了，尽管钟囿说得很郑重，实际上他是在应付差事。和自己一样，钟囿根本不相信那个小女孩真的失踪了。

第三章

公安局的新办公大楼确实宽敞，即使是刑侦支队里最不重要的七大队，也分到了一个大约五十平方米的大办公室。严格说来，这算不上办公室，而是一个由玻璃隔断隔开的敞开式办公区域。

在B市公安局的民警们看来，所谓的七大队就是一个笑话。七大队在公安局内部的名称是妇女与儿童保护专案行动队。可实际上，刑警支队四大队就是专门负责性犯罪和拐卖妇女儿童犯罪的，这样一来，留给七大队的事情就不多了。因为妇女儿童的失踪案件多半也会归结到拐卖或者凶杀这些方面，再剩下的就只有家庭暴力等案件。而这类案件，多数甚至还没有转到七大队就不了了之了。

七大队的另一个名字是问题大队。大队里的所有成员，从队长到内勤，没一个是安分的家伙。其中有些是犯了错误的，但不便处理，因为但凡谁打算处理他们，市里甚至省里就会有电话打过来，指责公安局里有人党同伐异、打击报复；也有些没犯过任何错误，但没犯错误的原因是他们什么也不干，当然不会犯错误。如果有谁因此打算把他们踢出市公安局，来自上级的电话同样会响个不停；最后剩下的就是一些刺儿头，没有什么背景，而且人人都不喜欢他们，却又没有拿得上台面的理由让他们滚蛋，于是也被安排进了七大队。简而言之，刑警支队七大队是B市公安局的盲肠。

七大队还有一个名字，叫女子大队。因为大队里绝大多数成员是女性，仅有的两个男性是大队长方靖宜——就连大队长的名字都带着点女人味——和刚刚调进来不久的崔放。

第三章

7月20日早上八点半，七大队的办公区里空空荡荡的，包括大队长在内所有人都被抽调到副检察长女儿失踪案的调查组里，只留下崔放一个人看家。因此，当沈兰犹疑不定地走进七大队办公区的时候，失望地意识到她不得不向一个男警察述说一些难以启齿的事情。崔放同样觉得有些尴尬。刚刚他还庆幸自己没有被调到那个无聊的寻找小孩的调查组，乐得自己一个人清净几天。最近，周围的那些家庭妇女们的唧唧喳喳实在是把他烦透了。

沈兰进来的时候把崔放吓了一跳。她大概二十四五的样子，身材偏瘦，穿着件蓝底上面有白色小圆点的吊带背心，洗得有些发白的牛仔短裤，脚上是一双不需系带的高跟凉鞋。她就是这么空着手进来的，没有挎包、手袋之类的东西。看她的打扮以及她犹豫不决、小心翼翼、探头探脑的样子，崔放认为她不属于生活档次比较高和社会经验比较丰富的那种人。但不论她属于哪个社会阶层——崔放已经断定她没有什么正当职业——她也不应该被伤成这个样子。她的右眼圈周围一片青肿，右眼几乎都睁不开了。鼻孔上有凝固的血迹，右侧半边脸也肿了，嘴角上的裂口已经结痂。她裸露的肩膀上、胳膊上、腿上到处是青紫的痕迹。她走路的时候一瘸一拐的，崔放估计，她腿上或者脚上的什么地方还有伤。

"我……我是来报案的。"她惊恐不安地说，说话的时候不停地东张西望，似乎担心有什么人会冲过来把她抓走。

崔放观察着面前的女人，同时，他脑子里已经闪现了好几个念头。不可能是抢劫，因为那种案子不是七大队的管辖范围；也不可能是强奸，如果是那样的话，四大队会接手。极有可能她是被她丈夫或者男朋友打的，丈夫的可能性更大，家庭暴力嘛。可是他猜错了。

她小心翼翼地坐在崔放对面，坐在椅子的一个角上。崔放站起身，找了个纸杯，到饮水机那里给她打了杯水，端到她面前。她迟疑着没有接。崔放就把水杯放在她面前的办公桌上。

"你们这里没有女警察吗？"她问。她的语速很快，但发音含混不清，崔放认为这是由于她的伤造成的，她的鼻子不通气。

崔放遗憾地摇摇头，"今天就我一个人值班。如果你觉得不方便，我去找个女警察来。不过我也不知道能不能找到，刑警队的人今天基本上都不在。"

她赶紧摆摆手，"不不，我还是和你说吧，我没多少时间。"

这话让崔放有点困惑，都被伤成这个样子了，她还急着干吗去？接着他想到了她的伤，"要不要我送你去医院？"

"我不用去医院，我没事，真的没事。"说话的时候，她的表情有些慌张。

崔放不明白她说的"没事"是什么意思，要是伤成这样都叫做"没事"，那什么算是"有事"？他耐心地对她说："至少应该去医院做个伤情鉴定，这也是司法程序。"

她沉默了一会儿，盯着自己的两只脚。崔放的目光也下意识地落到了她的脚上。他不得不承认，她的脚很有骨感，就是有点脏，估计是因为走了很长时间路的缘故。脚趾甲盖上紫红色的指甲油掉得差不多了，让崔放想到了"破破烂烂"这个词。是的，这个叫沈兰的女人给崔放的整体印象就是这样，不论她原先是否漂亮，如今已经被折磨得破破烂烂了。

"我是逃出来的……我……一会儿……我……我真的时间不多，我能不能跟你说说我的事？"

崔放彻底放弃了送她去医院的努力。他找出几张笔录纸，准备记录。

然而，接下去她又沉默了。崔放等着她说话，她却突然站了起来。崔放诧异地抬头看着她，她脸上的表情很坚决，"我还是走吧。"

崔放有点不知所措，沈兰已经转过身准备离开了，转身的时候有点猛，碰掉了放在桌角的水杯。水杯掉在地上，水洒了一地。沈兰似乎被吓了一跳，停住了，目光茫然，站在原地发呆。这一瞬间她的表情就像个闯了祸的不知所措的小孩。崔放的心里突然颤抖了一下。

从她的表情里,他看到了一种似曾相识的惊悸和无助。他不知道她因为什么害怕,但肯定是被吓得够戗。也就是在这一瞬间,崔放决定帮助她,不是那种作为公务员的冷冰冰的公事公办的帮助。

他站起来,走到她身边,轻轻扶着她的胳膊,很小心,生怕碰到她胳膊上青紫的伤痕。他把她扶回座位上,“别害怕,坐下慢慢说。”崔放安慰她,“这里没人能伤害你。”崔放捡起掉在地上的纸杯,又看了看那一地的水,决定不管它了。他把纸杯扔进废纸篓,又重新找了个杯子接了杯水递给沈兰。

沈兰接过水杯。崔放注意到她的胳膊很瘦,而且有一些很可疑的疤痕——针眼。这个女人注射毒品。她的手端着水杯,微微有些颤抖,刚刚送到嘴边又放下了,她哭了。一边哭一边低下头在身上翻找。崔放意识到她可能是在找面巾纸,于是从办公桌上的纸盒里抽出几张递给她。她接过面巾纸,擦眼泪的时候脸上的肌肉抽搐了一下,像触电似的——纸巾碰到了眼睛上的伤口。

然后她开始说了。她的思维似乎有点混乱,再加上口齿不清,崔放听得有点没头没脑。但有一点他听清了,她说她被人强奸了。崔放问她记不记得那个人长什么样子。她说记得,而且她知道他的名字,那个人叫冯兆兴。这个名字崔放有点耳熟,觉得在哪里听过。他在自己的记忆里搜索着。沈兰又补充说,前几天她在电视新闻节目里看见那个男人了,认出了他。崔放脑袋里一阵轰鸣。他想起来了,冯兆兴,见鬼,他想,那是副市长。

崔放有点后悔今天来上班。就算他不来,恐怕也不会有人找他的麻烦。因为这是七大队。现在他该怎么办?把这个女人轰走,然后忘掉这件事?他仔细打量着她脸上的表情,惊恐、慌张、犹疑、胆怯,但不像是来胡闹的。他想他该用用以前接受训练时学到的东西了。他盯着她的眼睛,问了一个简单的问题:“你今年多大了?”

她愣了一下,不知道这个问题和她说的事有什么关系,但她还是很快回答:“二十四,或者二十五,我记不太清了……”说话的时候,她的眼睛下意识地向左边看了一下。

“今天是怎么来的,坐公共汽车还是打车?”崔放依然盯着她的眼睛。

“走着来的……”她小声说,似乎这让她感觉有点不好意思。她的眼睛依然看向左边。

崔放假定她的这两个回答都是实话,因为确实没必要在这两个问题上撒谎。她回答的时候眼睛都看向左边,意味着她大脑的那一侧是负责记忆的。那么,如果再回答某个问题的时候她的眼睛看向右边,那就说明她可能在撒谎,因为一侧大脑负责记忆,对应的另一侧就一定是负责创造的——也包括撒谎。崔放决定问一个敏感一些的问题。

“谁把你打成这样的,是你说的那个男人吗?”

她迅速摇摇头,“不是,我的伤跟这事没关系。”眼睛依然看向左边。实话。

“那是谁打的,能告诉我打你的人是谁吗?”

“没有人打我,”她有点不耐烦了,“是我自己不小心摔的。”她的眼睛看向右边。

她在撒谎。崔放想。

“那么,你说的那件事,”崔放尽量避免用“强奸”这个词,“那个男人对你做的事,是在什么地方?”

“我……记不清了。”她的眼睛看向左边。是实话。

崔放有点纳闷,如果在这个问题上她撒谎,他是可以理解的,但没有。他接着问:“什么时候发生的事?”

她犹豫着,眼睛看向左边,最终还是说了:“我猜……是1998年。”

“十年前?”崔放愕然,“十年前发生的,你现在才报案?”

她的眼泪又流出来了,低下头,小心地用纸巾擦着眼角,这下崔放看不见她到底看向什么方向了。她抽噎着说:“我说的是真的……

我知道,你可能以为我在说谎,可我说的是真的,我一直不知道他是谁,后来我看了电视,认出他了……”

崔放记得冯兆兴是最近一两年才当上副市长的,十年前他是什么职务崔放并不清楚。“十年前的什么时候?当时你报案了吗?”如果当时她报案了,崔放想,应该能查得到。

“没有,”她说,“那时候我太小……是夏天吧,我真的记不清了。”

十年前她才十四五岁,崔放想,如果这事是真的,他妈的,该死的混蛋!可崔放不敢相信这是真的。不过,他终于明白沈兰为什么会来他这里报案了。按照一般的程序,强奸案应该报到四大队。他敢肯定,沈兰已经去过了。如果她也是这么对四大队的人说的,她肯定会被当成疯子打发走,他们把她打发到七大队来了。她的这身打扮以及她的气质让人没法相信她的话,崔放想,四大队的人或许会想当然地认为她是个妓女吧。一个妓女——或许还吸毒,声称副市长强奸了她,谁会相信?他不知道四大队的哪一位接待的沈兰,但不论是谁,把一个痛哭流涕、遍体鳞伤的女人打发到七大队来等着看笑话,真是可耻!他真想冲进楼上四大队的办公区把那个白痴骂个狗血喷头。

崔放稍稍让自己平静了一下,问她:“你再回忆一下,能不能想起来是在什么地方?”

她依然低着头,崔放看不到她的眼睛:“想不起来了,就是一间屋子里,我想我可能被下了药,我没法反抗,也喊不出来。整个过程……我都觉得晕晕乎乎的,我什么也没记住,就是记得那几个男人的脸。”

“几个?”崔放惊得张大了嘴,“你说是‘几个’?”

“我不知道,”她又开始不耐烦了,“一个还是几个,我真的记不清了,那又有什么区别?反正我记住他了。”

“那么,这十年来,你靠什么生活?你父母呢?”

"五年前,他们都先后去世了。现在我一个人住。"她站起来了,表情再次显得有些惊慌,"我要走了,我在这里的时间太久了,我……我必须得走了。能想得起来的,我都告诉你了。"说着,她就要往外走。

"等等,"崔放叫住她,"你至少要给我留个地址,我怎么找你?"

她的表情似乎是被吓坏了,"不不,你不要找我,你不能去找我……"但是她一时又找不到什么合适的理由,"我可能最近要搬家了。"

崔放记得教官曾经说过,证人们往往会告诉警察,他们知道的已经都说了,再也回想不起什么了。但实际上,他们说的还不到他们保存在记忆中内容的五分之一。剩下的那些东西,或许他们认为毫无意义,或许在他们的潜意识里不愿意回想起来。一个合格的警察应该牢牢记住这一点,如果想要从证人那里得到他知道的一切,就要不厌其烦地去找那些证人的麻烦,直到他们迫不得已为了摆脱警察的纠缠不得不自觉自愿地帮助警察回忆为止。崔放认为,如果想要搞清楚沈兰说的是真是假,那么还需要找她再次询问,或许一次两次还不够。但今天恐怕不太合适了。太多的信息,崔放需要时间消化,对于沈兰而言,她也需要清理一下自己混乱的记忆。于是崔放不再阻拦她,不过他坚持要沈兰留下联系方式。沈兰很勉强地给崔放留了地址以及她的电话。她的字迹歪歪扭扭,写字的时候手还有点哆嗦,她的手指细长。接着,崔放让她在笔录上签字,她犹豫片刻,还是照办了。

临走前崔放塞给她一张卡片,上面有自己的联系方式,然后又不放心地叮嘱她:"去医院看看医生,夏天伤口容易感染,如果你没钱,我可以……"崔放寻找着合适的措辞,如果自己判断没错的话,沈兰的经济状况应该很糟糕,但他又担心沈兰太敏感,不愿意伤她的自尊。但她还是被伤害了。

她的脸红了,"谢谢你。我有钱。真的。"说罢她匆匆转身走了。

七大队的办公区里又只剩下了崔放一个人。临桌的电话响了，他没接。不一会儿，他自己办公桌上的电话也响了，他不去理会。他看着自己记的笔录。警察做笔录有三种方式。第一种是证人说什么他就记什么，一字不差。这种笔录很糟糕，会显得杂乱无章，没有重点。第二种是让证人去写，让他们把事情的前因后果完完全全写下来，这种方法比第一种好不到哪儿去，或许更糟。第三种是把证人说的话理出个头绪，再让证人仔细核对看哪里有偏差，最后重新整理一遍。这种方法不错，但崔放不会。崔放的警龄也有不下十年了，但他没做过几份笔录，主要是因为他没机会。他给沈兰做的这份笔录乱七八糟，他仔细看了一遍，在他认为重要的地方画了几条横线，然后把笔录放到办公桌上的一个新文件夹里。接着在文件夹封面上的标签上写下“SL”两个字母，是沈兰名字的汉语拼音缩写。

他不太确定应该怎么处理这件事，继续调查下去可能是自讨苦吃，很可能都不会立案。鉴于自己已经被分到七大队这种状况，也没人会重视他的报告。要不就算了？他想。可他眼前又出现了沈兰那孤立无助的眼神。

第四章

B 市检察院的家属区位于城西,因此程霄晋把专案组的第一次会议安排在城西公安分局。当然,也不完全是由于这个原因。他知道金三顺调查林柯案件的专案组指挥部也设在城西分局,而且,宋佳正在城西分局的讯问室里对付那三个被带进来的传销人员。按说他现在已经无权管这个案子了,但程霄晋还是忍不住。他去讯问室看了看,宋佳正在对那三个传销人员进行分别讯问,可他们什么也不说。宋佳肯定他们看到了什么。可那三个人对警方的敌意很重。他们不像通常情况下被带到公安局的证人那样战战兢兢,而是一再强调警方没理由把他们留在公安局,尽管讯问是分别进行的,但三个人口径一致,而且同仇敌忾,大有一种视死如归的气势。不论宋佳威胁还是利诱,他们要么是愤怒地抗议,要么是令人不安地沉默。

讯问室里安装了摄像头,在隔壁的一个小房间里,可以通过监视器观察讯问的情况。程霄晋去了监控室。监视器里,一个穿着一身迷彩服的中年男人笔直地坐在讯问桌对面。他胡子拉碴,头发有点乱蓬蓬的,早就该剪了,表情呆板,目不斜视。

程霄晋听到宋佳的声音:“姓名?”

“陈安国。”

“年龄?”

“三十四岁。”

“哪里人?”

“武登县人。”

“职业?”

沉默。

宋佳耐着性子,“知道为什么把你带到这里来吗?”

程霄晋估计,这个问题宋佳已经问过无数遍了。

“知道。”照例是机械的回答。

“那说说是为什么?”

“是因为你们警察耍特权,你们冤枉好人。”

宋佳叹了口气,程霄晋听出来,他的声音已经很疲惫了。和自己一样,宋佳也是一宿没睡。

“可我们并没有拿你们当坏人对待。我们只想知道一些情况。”

“你们扣留我们不能超过二十四小时,我懂法律。”陈安国语调呆板,不带任何感情,就好像是嗓子里装了个录音机,这些回答事先都录好了,现在只是一遍一遍反复播放。

“陈安国,你看,我真的不想难为你,我只是希望你把昨天晚上看到的情况告诉我们。你们住的那幢楼外有两具尸体,另外还有一个人在医院的急救室里没脱离危险,他没法提供任何情况。当时是怎么回事,只有你们知道。我们需要你们的帮助。如果你认为昨晚我们把你们几个带到公安局的方式有些粗暴,那么我以我个人的名义向你道歉。而且我可以向你保证,我们对你们的传销活动不感兴趣。我们是刑警队,不是经侦队,只要你如实回答我们的问题,我们马上放了你们,决不会把你们转到经侦队去。”

虽然是语重心长的口气,但已经含着一些威胁的成分了,言下之意是,如果你们不说,就要转到经侦队去了。

果然,提到经侦队,陈安国有点激动,“你们都是一丘之貉,你们都一样,动不动就随便抓人!”

程霄晋脑袋里有一根弦被触动了一下。难道他们的组织里还有别的人落到了公安局手里?他给经侦队队长王帆打了个电话。王帆告诉他,前几天经侦队抓了个传销团伙的小头目,叫童志刚,是个 B

级代理。他以3999元的价格推销一种叫康眼灵的保健药品，凡是从他那里买了药品的人就成了他的下线，然后下线再用同样的方法发展下线。其中一个下线发财心切，向亲戚朋友借钱买了童志刚的药品，马上反过来又推销给亲戚朋友。这有点儿太明显了，亲友们没一个上他的当，而是催着他还钱。他还不出来，只好找童志刚，想把药品退还给他。已经拿到的钱，童志刚是不会再吐出来的。后来那个下线急了，干脆到公安局把童志刚告了。于是，经侦队以诈骗的罪名把童志刚刑拘了。经侦队一直苦于不清楚本市传销组织的内情，好不容易挖到一个B级代理，想把这条线索经营下去。但童志刚拒不承认自己的传销属于违法行为，更不交代传销组织的上线和下线。更让经侦队头痛的是，这个童志刚不愧是传销界的精英，在押期间，他居然把同监的几个案犯发展成了自己的预备下线，每天在监室里见缝插针地给他们上传销洗脑课。

挂了电话，程霄晋把宋佳从讯问室里叫出来。宋佳一脸灰暗，用袖子擦了擦额头的汗水。“队长，我不行了，你还有什么招儿没有？”

“去问问他，认不认识一个叫童志刚的。”程霄晋把自己了解的情况简单和宋佳说了说。

宋佳翻着通红的眼白琢磨了半天才明白程霄晋是什么意思，转身进了讯问室。平时宋佳的反应可没这么慢，估计是一宿没睡，困的。没一会儿，他再次从讯问室出来，告诉程霄晋：“他没说，不过看他的反应，他们有可能认识。”

程霄晋说：“先把这几个人晾一会儿，你去找童志刚聊聊。估计这个姓童的是他们的上线，即便不是，也是他们的领导。据我了解，这些搞传销的挺有组织纪律的，上级的命令理解的执行，不理解的也执行，在执行中加深理解。听经侦队的老王说，这个童志刚还是个有点脑子的人，把他说通了，他或许能劝他们说实话。姓童的要是配合，和老王商量商量，暂时把他放了。”

宋佳有点拿不准，“经侦队那边能同意放人吗？”

“老王欠我不少人情，趁着现在支队长的职务还没给我免了，得赶快把所有欠债都收回来。你去找老王吧，他能给这个面子。”

宋佳这才意识到程霄晋目前的处境：“队长，你……”他欲言又止。

“赶紧去吧，别耽误时间了。”程霄晋拍拍他的肩膀。

看了看表，差十分钟九点，程霄晋去了四楼的会议室，B市检察院副检察长的女儿曾南南失踪案的第一次专案会议将在这里召开。除了七大队的人之外，程霄晋从城西分局刑警大队抽调了两个民警，一开始的搜寻行动首先要在城西区展开，需要几个熟悉情况的人。另外，他把市局刑警支队四大队的鲁邑也调来了，在查找失踪儿童方面，他在市局里算是比较有经验的。整个专案组包括程霄晋在内一共有十五个人，作为一个调查失踪儿童的专案组来说，人手稍显不足。不过若是为了应付差事在上级面前装装样子，也勉强说得过去了。至少刑警支队长是专案组组长，曾副检察长应该觉得安慰了。程霄晋看穿了钟闿的用心，他无非就是这个意思。

会议室前面立着两块白板，其中一块上面贴着几张曾南南的照片。中间的一张被放到最大，是曾南南的面部特写。照片上的小姑娘八九岁的样子，梳着两个小辫子，皮肤白净，脸圆圆的，笑起来很甜，一边的脸上还有个小酒窝。失踪的时候，曾南南穿着学校里统一发放的蓝白色海军服，蓝色短裙，蓝色的塑料凉鞋和白袜子。曾南南穿着这身衣服的照片贴在肖像照的旁边。

七大队的大队长方靖宜已经到了，正和城西区分局的两个民警聊着天。他同时担任这个专案组的副组长，这也是钟闿的意思。程霄晋有点纳闷，在他的印象里，方靖宜一直跟钟闿跟得非常紧，照理说不应该被安排在七大队。钟闿是任人唯亲的那种人，在这件事上，不知他怎么想的。不过，如果这次能够顺利找到曾南南的话，方靖宜或许有换换地方的希望。他似乎对这件失踪案也表现得挺积极。

鲁邑也来了，一个人默默坐在角落里，看着手里的一沓简报材料。这个人平时就沉默寡言，不了解他的人或许会觉得他脾气古怪，不过程霄晋知道他干活是把好手。自己的专案组里已经塞满废物了，尽管这案子似乎没多大难度，但他还是需要一个明白人。

程霄晋站在白板跟前，环顾会议室，似乎没有人注意到他已经来了。按计划，九点整就应该开会了。他看看墙上的石英钟，九点十分，七大队只来五六个人，还都扎堆聊着天，没人在乎时间。那些没来的人，没有一个向他请过假。程霄晋咳嗽了两声，没人理他，大家依然我行我素。

方靖宜第一个注意到了程霄晋，他站起身，用力拍了两下巴掌。“大家都静一静，准备开会了。”说着坐到了程霄晋的旁边。

聊天声终于渐渐低了下来，大家的目光都落到程霄晋身上。程霄晋注意到，除了鲁邑面前摊着个笔记本，其他人面前的桌子上都空荡荡的。看着这群懈怠的人，程霄晋有点窝火。很明显，大家都把这个专案当休假了，没人真的认为那个小姑娘失踪了。

程霄晋沉默半晌，等所有人都不再说话了才开口：“开会之前我先强调一下纪律。我们这个专案组一共十五个人，从早上通知开会到现在，还有五个人没到。没有人事先请假，甚至到现在也没人给我打个电话说他们到底还来不来。我注意到了，没来的几位都是七大队的人。”他看了看身边的方靖宜，方靖宜的脸色有点不好看，“我不知道在座的各位平时在各自的单位是怎么工作的，我也不在乎你们平时怎么工作，但在我的专案组里，你们必须按我的要求工作。如果有人认为自己不适合在这样的专案组里工作，现在可以提出来，我允许你离开，而且我保证不会留下任何不利于你的记录。”

程霄晋环顾四周，会议室里一片寂静，没一个人说话，大家都低着头。过了几秒钟，程霄晋接着说：“既然没人提出来，那么我就认为大家都愿意留在这个组里。至于没到的那几位，请在座的他们的同事转达我的意思。如果他们今天一整天都没有出现，请通知他们，如果他们想继续待在这个专案组里的话，就给我写一份书面报告，说明今天没来的原因。到明天早上再次开会之前，如果我没收到他们的报告，我会认为他们自动放弃了在这个专案组的工作。”说到这儿的时候，程霄晋注意到，几个女民警已经拿出手机在发短信了，大概是在提醒那几个没来的赶紧过来。他认出了其中一个正在发短信的胖胖的女民警，好像叫邱红云。

“小邱——”程霄晋说。

邱红云吓了一跳，赶紧把手机揣进兜里，从座位上站起来。程霄晋冲她摆摆手让她坐下，“麻烦你做一下会议记录，会议结束之后……”他停了一下，看着邱红云手忙脚乱地从挎包里翻出笔记本和圆珠笔在桌子上摊开。仿佛是个提醒，会议室里的其他人也陆续拿出笔记本。等大家都准备好了，程霄晋才继续说，“会议结束之后，整理出一份会议纪要，发到每个专案组成员手里。今后这个工作就由你负责。另外，会后你统计一下，把所有人的联系方式都写在前面的白板上。”看到邱红云点点头表示明白了，他又补充，“我要的是有效的联系方式，不是那种打了半天没人接的摆设，这一点请大家特别注意。”

在他说话期间，陆陆续续又有几个女民警进了会议室，没打招呼，就那么鬼鬼祟祟地溜进来，悄无声息地坐在座位上，仿佛她们是去电影院看电影，而电影已经开场了。坐下之后，她们左右瞧瞧，和身边的人嘀咕着。程霄晋一度担心她们会拿出瓜子边嗑边聊，或者干脆从挎包里拿出毛线什么的打毛衣。

方靖宜脸上终于挂不住了，他用手指敲敲桌子：“来晚的就不要再聊了，你们知不知道现在是专案会议？大家都不是小学生，难道连一点常识都没有？”

又是一片令人尴尬的寂静。

程霄晋不打算在这个问题上扯得太远，已经九点半了，该说正题了。“我们现在正式开会，”他说，“先明确一下，专案期间如果没有意外情况，每天两次碰头会，早上九点和下午四点，除非有任务在身，一律都要参加。原则上每次碰头会我都会参加，如果我不在，会议就由方队长主持，邱红云负责会议纪要。大家没疑问吧?”程霄晋的目光在会场上扫视一圈，没人说话，他继续说，“成立这个专案组的目的是找到曾南南。具体情况都写在简报上，每个人都应该有一份，相信大家都已经看过，我就不多说了。可能有人会说，我们这是小题大做。到现在为止，曾南南失踪大约十七个小时。她现在没准正在哪个亲戚或者朋友家里玩得开心呢。或许的确如此，但也有可能，她真的是失踪了。有可能被人贩子拐走了，有可能被绑架了，或者更糟糕，现在她已经落到了某个性变态手里。我不希望看到这种情况，几天、几星期甚至几个月之后，我们发现了小孩的尸体，而当我们回想案发最初二十四小时里我们都干了什么的时候，我们却发现那时候自己在聊天，在磨洋工，在最关键的时候，在线索最多最明显的时候，我们却贻误了战机。而这个时候，孩子或许在受折磨，甚至已经痛苦地死去了!”

他的话引起了一阵低声议论。程霄晋不是故意危言耸听，尽管他自己心里也不太相信更不愿意看到发生那种情况。但既然专案组已经组织起来了，就不能浪费时间。根据他的经验，大多数遭绑架的小孩都是在案发二十四小时到四十八小时之内遇害的。而且这段时间也是证人们的记忆最清晰的时候，在这个阶段的调查，最容易发现线索。

“在座的各位都有孩子吧?”程霄晋看到大多数人都点了点头，“我也有孩子，就让我们设身处地地想想吧。先别考虑曾南南父亲的社会地位，换了是我们自己，我们的孩子一夜没回家，作为父母，我们这一夜将如何度过? 我知道明天是周末，不过我还是希望大家把自己家里的事先放一放，我估计大家是别想休息了。”

这些话终于引起了些共鸣。邱红云举起手示意有话要说，程霄晋点点头。邱红云站起来说:“程支队，您放心吧，我们会全力以赴，就当失踪的是我们自己的孩子。”

与会众人跟着发出了一阵稀稀拉拉的响应。程霄晋说:“那我就先谢谢大家了。下面我分派一下任务,同时,我会解释一下这样分派任务的原因,如果大家有不同意见,尽管提出来,我们一起讨论。”

程霄晋把曾南南的失踪归结为以下几种原因。第一,她就是到某个亲戚朋友家玩去了。第二,被人贩子拐走了。第三,因为曾南南的父亲在工作中得罪了人——这是很可能的,小女孩被绑架了,作为对她父亲的报复。第四,落到了某个性变态者手中。程霄晋排除了仅仅因为钱的原因绑架曾南南的可能,理由是绑匪没有留下任何信息。况且即便果真是这种情况,也可以放在第三种可能性里一起处理。

鉴于专案组人手实在太少,程霄晋把十五个人分成三组。第一组由城西分局的两位刑警负责,调查曾南南的亲属、朋友、老师和同学等,因为曾南南最有可能在其中某个人的家里;方靖宜负责第二种情况,包括对机场、火车站、长途汽车站、各进出城的交通要道诸如高速公路收费站等处进行调查走访,把小女孩的照片发到每个派出所,以期发现可疑线索。曾南南今年九岁,多少也懂一点事了,如果是被人贩子拐卖的话,人贩子不可能凭几句话就把她哄住让她一宿不回家,多半会用药物麻醉。曾南南的个头不算太小,不是很好藏。因此,说不定人贩子还没有把她带出B市。不过,警方查找起来还是很困难。鉴于这个组的工作量比较大,程霄晋给方靖宜分派了七个民警。剩下几个民警由鲁邑带领,负责第三和第四种情况。这个组一方面要和受害人家属也就是曾仲良打交道——从严格意义上说,曾仲良也应该被列入嫌疑人之列,因为多数伤害未成年人的案件的元凶就是孩子的家长;另一方面,还要挨个调查本市有性犯罪前科的人。邱红云负责每天的信息汇总。

分派完任务,程霄晋问方靖宜,还有什么要补充的没有。看样子,方靖宜对分派给他的那摊活儿不是很满意,他犹豫了一阵,还是点点头。于是程霄晋站起身,拍了两下手:“如果没什么疑问,大家就行动吧!”

第五章

刑警支队四大队大队长邢涛的办公室里传来打电话的声音。崔放敲了敲门，没等里面的人应答，就推门走了进去。邢涛愣了一下，接着脸上显出一丝厌烦的神色，不过只是一瞬间，这神色就消失了，代之以一副笑容。他冲崔放示意他在接电话，又冲边上的沙发努努嘴，意思是让他坐着等会儿。崔放没坐。

崔放刚到市局工作那会儿，经常有人到领导那儿告状，说崔放这样的人他们指挥不了，说他无组织无纪律，可市局领导明知如此，却睁一只眼闭一只眼，最多也就是把崔放换个部门。没人知道崔放到底有什么背景，不过这种情况发生过几次之后，告状的人就没有了。人人对崔放敬而远之。崔放得以继续在 B 市公安局我行我素。他知道没人喜欢他，他也不在乎。有过他那种经历的人需要的不是别人喜欢，他仅仅是不想让别人打搅他。不过，那些人是不会明白的。

大概崔放站在那儿让邢涛不太舒服，他赶紧结束了通话。“小崔？今天怎么有空到我这儿来？”那种做作的欢迎口气一听就是装出来的。

崔放也懒得和他客套，直奔主题：“有没有一个叫沈兰的到你们四大队报过案？”

“沈兰？”邢涛仰着头想了一会儿，“这名字怎么有点耳熟？”

“她来报案说她被强奸了。”

“那就不对了。”邢涛皱皱眉，“我的印象里好像不是强奸……”他琢磨了一会儿，“拐卖人口，对了，就是拐卖人口。”然后他又问崔放,“这是好久以前的事了,你怎么对这个案子有兴趣?”

崔放没回答他的问题,“这案子谁接的?”

他再一次看到了邢涛眼中厌烦的神色,而且这次那神色保留的时间长了一点。“应该是鲁邑吧。不过,据我了解,似乎没有立案。具体情况我也不太清楚,你去问鲁邑吧。”邢涛低头开始看桌上的一份什么文件,送客的意思已经很明显了。

崔放问:“我刚才路过办公区,好像没看见鲁邑。”

“啊,对了,”邢涛似乎是刚刚想起来似的,“市局成立了一个专案组,程支队是组长,把鲁邑调去了。我还以为你知道这事,你们七大队不是都被调去了吗?怎么,你没去?”

崔放听出了他语气里的揶揄,他才懒得和他计较,只要他提供足够的信息就行了。他冲邢涛微微一笑:“我看家。”说罢,转身出了邢涛的办公室。刚打开门,他又站住了,回身问邢涛,“今天那个沈兰又来了,是你接待的?”

“她又来了?”邢涛一副疑惑的样子,不过装得有点太不敬业了,“我怎么不知道?”

“或许她找的不是你吧。”崔放已经肯定沈兰去七大队之前先来找过邢涛了。他不再说什么,离开了邢涛的办公室,连门都没替他关上。

走出四大队的办公区,准备回楼下的时候,他听见身后传来重重的关门声。

回到七大队,他打电话给总机,查到了鲁邑的手机号码。他和鲁邑并不熟,仅仅是见面点个头而已,不过他倒是听说过有关鲁邑的一些传言。两年前,据说鲁邑本来是很有希望当上四大队大队长的,局里的领导已经点头了,就在这时候出了个意外。当时鲁邑正在办一起强奸案,犯罪嫌疑人认罪了,各种证据也齐全。没想到犯罪嫌疑人突然犯了心脏病,送到医院抢救,刚刚转危为安就翻了供,说鲁邑刑讯逼供,他心脏病突发就是因为鲁邑的殴打造成的。结果案子被检察院打回来，最后不了了之，犯罪嫌疑人几天之后就被放了。不但如此，检察院的反渎职侵权处还为此调查了鲁邑两个多月，鲁邑被搞得灰头土脸，尽管最后所谓的刑讯逼供查无实据，但鲁邑升职的事彻底泡汤了。

这个故事是七大队里几个家庭妇女聊天的时候崔放无意中听到的，只听了个大概，因为几位女士聊天的重点在于鲁邑英俊的外表和他的沉默寡言显示出来的男性魅力——对一个中年男人来说，鲁邑确实算得上很有型。

鲁邑没接手机，崔放估计，要么他是在外面没听见，要么就是专案组的会还没结束，他或许把手机调成了静音。他给鲁邑发了条短信："关于沈兰的案子，方便的话请回个电话。"然后他就靠在转椅上，两腿架在办公桌上，看着空荡荡的办公区想着沈兰的事。他想起沈兰胳膊上的针孔——毒品。

崔放的记忆中，似乎一辈子都在和毒品打交道。他小时候生活的那个地方毒品泛滥成灾，甚至大中午走在马路上都能看见街头的民工注射海洛因，大街小巷的犄角旮旯儿里，被丢弃的针管针头随处可见。后来，崔放的母亲就是死于吸毒过量。至于父亲，崔放根本就没见过。母亲神志清醒的时候，偶尔会提到他的父亲，不过她对这个抛妻弃子的男人从没有一句好话。对于母亲来说，崔放最大的错误在于他长得太像他爸爸了。这就是母亲每次喝得醉醺醺之后毒打他的理由。母亲不在家的时候，他会长时间地对着镜子打量镜中自己鼻青脸肿的面孔，想象着父亲的样子。如果真的像母亲说的自己很像父亲的话，他有时候禁不住得意地想，父亲应该是个挺英俊的男人。在学校里，这一点也得到了印证，班里的不少女孩子偷偷喜欢他。再加上他经常脸上带伤，这就成了女生关心他的理由。不过也因此引起了男生们的公愤。经常他们会串通一气，合伙痛扁崔放一顿。有时候崔放回忆过去，都不太明白那段时间自己是怎么熬过来的。在学校被同学们欺负，在家里被母亲当出气筒。好在母亲的死亡终于以一种不愉快的方式结束了这一切。崔放成了孤儿。偶尔崔放会想,实际上在母亲活着的时候,他就已经是孤儿了,母亲从没把自己当成儿子对待过,或许母亲也不知道应该怎样对待儿子吧。他并不恨母亲,也谈不上爱。他亲眼见到母亲死亡时的恐怖场面,所以,后来一想到母亲,他心里更多的是一种怜悯的情绪。

办公桌上的电话响了,崔放从回忆中跳出来。他盯着桌上的电话,没动窝。他记得方靖宜早上临走的时候交待他让他看家。这话说得真是可笑,看家,听上去多亲切啊,就好像公安局是他的家。可他知道这都是骗人的谎话。公安局不是他的家,他自己现在住的地方不是他的家,B市不是他的家,他以前曾经住过的那些地方也不是他的家。他不知道自己到底属于哪儿。

电话铃声停止了,接着崔放的手机又响了。他看了一眼来电显示,是自己不久前拨出去的号码,鲁邑给他回电话了。他彻底从回忆中清醒过来,向鲁邑简单说了一下今天上午发生的事情,提到沈兰自称被强奸的时候,他没说冯兆兴的名字。然后崔放问:“沈兰对我说她被强奸了,可我去问邢涛的时候,他却说什么拐卖案。这是怎么回事?”

鲁邑沉默半晌,“这事在电话里说不清。”

“你什么时候方便,我们一会儿见个面吧。”崔放看看时间,整个上午都快过去了,“你还在城西分局吗,要不我去找你,或许我们可以一起吃午饭?”

“一会儿我要去副检察长家里调查,已经安排好了,我恐怕没时间等你。”

“那么晚上怎么样?”崔放不想把这事拖到明天,明天就是周末了。

“我真的说不好,不过……”鲁邑停顿了一会儿,“你能告诉我你为什么对沈兰的事这么感兴趣吗?”

“如果你看到她浑身上下的伤,也许你也希望能把这事弄明白。”

崔放不清楚自己为什么对鲁邑这样说，这的确是自己的真实想法，虽然不是全部。或许鲁邑对一个强奸犯“刑讯逼供”的经历让崔放对他有了些认同感。

又是一阵沉默。“你可以先去找城西分局刑警队的邹东林。”鲁邑终于说，“沈兰最初是在城西分局报的案，虽然最终没立案，不过邹东林应该还记得当时的情况。先和他聊聊，我今天晚些时候会和你联系。”挂电话之前，鲁邑又叮嘱了一句，“下次见到沈兰的时候可别轻易把她放走了——如果还有下次的话。”

“这是什么意思？”

“如果你打算继续调查这件事，”鲁邑轻轻地笑着，“不久你就明白了。”

城西分局在西二环路中段，从市局到城西分局，沿途都是交通拥堵路段，只有中午的时候稍微好走一点，毕竟人人都要吃饭。崔放打算把中午饭省了，这样他在一点之前就能赶到城西分局。开着那辆破破烂烂的普通型桑塔纳驶出市局大门的时候，他才想起把“看家”的事都忘到一边了。现在七大队里一个人也没有，方靖宜或许也在城西分局，崔放想，但愿别碰上他。

果然，还没开到城西分局，方靖宜的电话就打到了崔放的手机上。他问崔放为什么没在办公室，崔放说他在外面。方靖宜的声音立刻不高兴了，崔放仿佛已经看见了方靖宜拉长的脸。“那咱们的办公室不是一个人也没有了？”指责的口气很明显。

“有个女的来报案，被打得挺严重，我带她去医院做个鉴定。”这么说的时候，崔放心里并没有感到不安。至少这话里有一半是事实。“一两个小时我就能回去。”

“到咱们这儿报案？”方靖宜的语气里有一种难以置信的意味，在七大队待的时间长了，他或许对“报案”这个词有点生疏了。

“是四大队推给咱们的，他们大概嫌麻烦。”崔放说。这话也不假。

方靖宜"哼"了一声,然后告诉崔放,让他尽快和队里的董莉联系上。董莉本来应该参加今天的专案会议,可直到中午也没出现,打手机和家里电话都没人接,给她发了短信,也不见回信儿。"实在不行,你就去她家里看看,无论如何今天要找到她。"

崔放说:"回局里我就想办法和她联系,如果联系上了,让她去城西分局找你。"

"我现在已经不在城西分局了,让她给邱红云打电话,她会给她分派任务。"

崔放放心了。至少他可以踏踏实实把城西分局的事办完。至于完事后是不是去找董莉,他还没想好。因为既然董莉手机和家里电话都不接,那就是死心塌地不想出现了,找也是白费力气。此外,他还惦记着和鲁邑见面的事。如果鲁邑今天能抽出时间,他就不想回市局了。方靖宜肯定会不高兴。算了,崔放想,反正自己不能让所有人满意。他叮嘱自己,刚才撒的那个谎一定要想办法圆上,沈兰说的事情,他暂时还不想对方靖宜说。一旦方靖宜明确表示不想惹这个麻烦,他想再继续调查的话,就不太好办了。

邹东林是城西分局刑警大队大案中队的侦查员,五十多岁,老民警了,人长得干瘦,烟瘾挺大,牙齿被熏得黑黄。中午的时候办公室里很清净,就邹东林和崔放两个人,尽管墙上贴着禁止吸烟的牌子,邹东林依然烟不离手,和崔放说话期间,一支接一支地抽,边抽还边咳嗽。因为开着空调,办公室的窗户都关着,整间屋子被邹东林搞得乌烟瘴气。

很明显,鲁邑已经和他打了招呼,他早早就把所有材料都准备好了。实际上,所有材料加在一起,也不过五六页纸。这些东西都放在一个薄薄的文件夹里。邹东林对崔放说:"除了鲁邑之外,你是第二个对沈兰的案子感兴趣的人。"

"为什么没立案?"崔放问。

邹东林指指崔放手里的材料，“你先看看，看完了我跟你讲。”然后把崔放一个人留在办公室里，自己出去不知道忙什么去了。

崔放在靠窗的一张办公桌前坐下看材料，顺手打开一扇窗子，屋里实在太呛了。

沈兰是两年前的5月17号报的案。笔录是按照第一种方法记的，几乎是一字不差地把沈兰的话记录了下来。给崔放的感觉是——就像今天上午沈兰对他说的那些一样——颠三倒四，杂乱无章。崔放不得不试着从中理出个头绪。

报案的时候，沈兰先是说她是从123夜总会逃出来的，夜总会的老板把她关在一间客房里，逼她卖淫。姑且不论她说的是真是假，这就涉及一个问题，她是怎么到那个夜总会的。沈兰说她是被卖到那里的，然后又补充说，这些年来她一直被卖来卖去。她说她家在川沙县——那是B市地区最偏远的一个县城，不过沈兰早就不记得她家住什么地方了，时间太久了。大约十四岁的时候，她在放学回家的路上被人贩子骗上了汽车，然后就身不由己了。她记得人贩子的名字，她听见别人管他叫周伟，当时大概二十多岁的样子，身强力壮，总是剃着个光头，右前臂上有一个蜈蚣图案的文身。周伟把她带到了B市，关在一幢别墅里——这是她猜的，她现在根本回忆不起那个地方在哪儿，但她说那地方很宽敞，有很多房间，尽管她从来没见过什么别墅，但她认为那应该是座别墅。从那时候开始，她就被迫接客。那套住房里还有另外两个女孩，跟她的情况相同。她们每天只是接客，被看得很严，根本没机会逃走。她尝试过，换来的不过是一次又一次的毒打。她说那个周伟很会打人，她怕他怕得厉害。曾经有一次，周伟的拳头还没落到她身上，她就小便失禁了。后来在相当长的一段时间里，她根本不敢动逃跑的念头。在她的记忆里，大概有三四年的时间——她说这也是她猜的，因为失去自由的时候，她几乎没什么时间概念，仅仅能分辨出白天和黑夜，或者天气是冷还是热，星期几、几月几号或者哪一年，对她来说都没什么意义——周伟带着她不停地换地方。后来,她依然记不清具体时间,大概是周伟对她厌烦了,把她转卖给了一家夜总会的老板。她不知道那个夜总会的名字,也不记得在什么地方,她被关在夜总会楼上的某个房间里,做的事和以前一样。她再次试图逃跑,夜总会的打手们看得比周伟还严,不过他们打人没有周伟专业。周伟打她的时候,不会在她身上留下明显的伤痕——他还需要她接客。那些打手就不同了,每次她都鼻青脸肿,浑身是伤,一两个星期都下不了床。同样,在那家夜总会里,和她处境相同的女孩不止一个。再后来,她就被转卖到123夜总会。不过,这次她终于撞上了好运气,她逃出来了。因为她长了记性,不再表露出不驯服的样子,而是很听话,因此打手们对她放松了戒备。

笔录的主要内容就是这些。材料的最后一页是一张医院出具的伤情鉴定报告。医生的字很难辨认,医学术语也比较艰涩难懂,尽是些结缔组织损伤之类让人看了似懂非懂的东西,归结起来,崔放得出的结论是沈兰当时的情况并不严重。她说她逃跑的时候是从123夜总会的二楼跳下来的,大概这就是她受伤的原因。这份材料里,沈兰并没提到她被强奸的事。崔放推测,如果她说的确有其事,那一定发生在她刚刚被拐卖之后不久。虽然这些材料不够详尽,但是比起上午沈兰跟自己说的那些,还是清楚多了。上午的时候,沈兰根本没对自己说过什么被拐卖的事,更没说她这几年的经历。

大概是看得太专心了,崔放刚刚合上文件夹,突然又闻到一股呛人的烟味,邹东林不知什么时候已经回来了。没等崔放问话,邹东林就说:“有点奇怪,是不是?这事就这么不了了之了。”

崔放点点头说:“是啊,看上去好像她报了案之后,就没人再管这事了。怎么材料里连那个123夜总会的情况都没写?还有,沈兰说她是川沙县的,有人核实过吗?”

邹东林把香烟在烟灰缸里掐灭,又点了一支,然后才突然想起什么似的问崔放:“你抽烟吗?”他把自己的烟盒递到崔放面前。

崔放说了声“谢谢”,但拒绝了:“我戒了。”

“啊，”邹东林感叹着，“佩服佩服，我也戒过，不行啊，最长也就一个月，每次复吸的时候反而抽得更凶。你怎么戒掉的?”

“你不会想知道的。”崔放笑笑。

邹东林好奇地看看他:“你今年多大了? 当警察几年了?”

“过年就三十了。”崔放只回答了第一个问题。

“结婚了?”接着邹东林意识到自己离题太远了，自嘲地笑了笑，“别担心，我决不会给你介绍对象。”

“为什么?”崔放忍不住问了一句。

“没人指派，无缘无故查一个无人问津的案子，可能还是个挺敏感的案子，而且几乎没什么具体的线索——”邹东林的目光审视着崔放，“你是那种故意给自己找麻烦的人。如果我认识谁家的好闺女，决不会介绍给你。你会把人家耽误了。”

崔放哈哈大笑，他好久没这么开心地笑过了。然后他收住笑容:“谢谢你对我的评价。咱们还是说说沈兰的案子吧。”

邹东林微微皱起眉头，好像不太情愿回忆起这件事。“材料你也看了。当时她报案的时候，确实让我们挺震惊。不过要立案的话，还不能仅凭她说的。她受了点伤，一个女民警带她去医院检查，我带着几个人去了123夜总会。那个夜总会就在城西区，在老机床厂路，你知道那个地方吗?”虽是问话，不过他没等崔放回答，“夜总会的保安开始不让我们进，发生了点冲突。等我们调来防暴大队强行进去的时候，什么痕迹都没了。当时是白天，夜总会没营业，我们里里外外查了个遍，到处空空荡荡的，更没有什么被限制人身自由被迫卖淫的小姐。他们承认有一个叫沈兰的服务员——他们说沈兰是卡拉OK房的服务员，但她早就不在这里了。几个星期前，因为一起台费纠纷，她和夜总会的领班吵了一架，不干了。不一会儿那个领班就来了，她解释说，一般卡拉OK房的服务员都是要收小费的，根据房间档次，从一百元到三百元不等，不过夜总会要从这些小费里扣除百分之十作为台费。陪唱的小姐也是这个规矩。那天沈兰在两个房间服务，却只交了一个房间的台费。领班找她，她不承认，说她都交了。平时这些台费夜总会也不下账，所以没有记录。双方就这么争执起来，最后沈兰甩手不干了。没人知道沈兰后来去了哪儿。领班还找来几个坐台小姐，她们都证实有这件事。”邹东林又续上一支烟，“当然，我也不是那么好糊弄的。我只是向他们询问有没有沈兰这个人，并没有说沈兰到我们这里告了他们。他们的戏演得有点太过了，证人出现得太快了，好像就在附近什么地方等着，一叫就来了，说得都一模一样。很明显做贼心虚嘛。如果他们真的没事，只要告诉我沈兰早就辞职不干了就足够了，为什么要演这么出戏，不打自招嘛。”说到这儿，他的神情显得有些得意，不过瞬间就变得沮丧了，“戳穿他们的谎话也不难，找沈兰问问就得了，只要沈兰能说出点具体细节，我就不信查不出他们的毛病，可是……”

崔放已经猜到他要说什么了。

“可是，”邹东林继续说，“那个陪她去医院的女民警打来电话，说检查到一半的时候，一不留神，沈兰就不见了。”他讲这些的时候挺专注的，手里的香烟烧尽了，可几乎没抽几口。他扔了烟头，又点上一支，默默地吸了几口。

“然后就再也没找到？”崔放问。

“没找到。”邹东林说，“找不到沈兰，这案子几乎就没法办。我怀疑她是不是在医院被夜总会的人劫持走了，那个女民警说不可能。当时沈兰在做CT，女民警抽空去了趟卫生间，不到五分钟的工夫就没影了。做CT的大夫说，沈兰做到半截下床就跑了，拦都拦不住。这就是说，她是自觉自愿跑的。从此我就再也没见过她。”

“所以这案子就再也没查下去？”崔放觉得，即使沈兰不见了，线索也不是一点没有，可以去她老家查查，从拐卖的方面入手，调查一下那个叫周伟的人。另外，夜总会也可以继续查。他太了解那些小姐们了，她们都不敢惹麻烦，吓唬吓唬她们就会说实话。他不信邹东林这样的老警察连这点手段都没有。

邹东林似乎看出了他的想法。“为了找沈兰，我们去了川沙县。那里根本没有一个叫沈兰的人——我的意思是说，失踪人员里没有叫沈兰的。我想到她报案的时候或许用的是假名，就查十年前是不是有和她年龄相当的女孩失踪，有两个，但不是被人贩子拐走的，而且后来都找到了。”邹东林看着崔放，“你明白我的意思了吧？她根本就不是川沙县的人。那个叫周伟的人我们也找过，我们假定他是B市人，B市叫这个名字的有二十多个，符合年龄条件的三个，一个是残疾人——小儿麻痹，一个当时在外地的大学念书还没毕业，还有一个2003年得‘非典’死了。我想把查找范围再扩大一些，不过这样查有点太盲目了，而且我们手头又不是仅仅这一个案子要办……”邹东林轻轻叹息一声，很无奈。

崔放点点头，这一点他理解，每天都有案子发生，老的还没查清楚，新的又来了。

“当时我还没打算完全放弃。”邹东林说，“可当我再次调查123夜总会的时候，有人告状——不是告我，我只是个小人物，直接告到了市领导那儿，把我们整个刑警队都告了，说我们破坏投资软环境之类的，具体我也记不清了，反正都是这类屁话。我们分局局长把我们大队长李清河叫去训了一顿，大队长又训了我一顿，让我别再碰这个麻烦了，反正沈兰也不见了。他说，告状的人都跑了，你还管这事干吗？我要是年轻二十岁，说不定还会争取一下。可我见过的事太多了，就凭我这么个小警察，再怎么折腾也折腾不过人家……我这么说，也不知道你能不能理解。”

“完全理解。”崔放说得很真诚，没有一点揶揄的意思。警察脱了警服，和普通人没区别，说不定还不如普通人。邹东林能把这个案子办成这样已经不错了，换了别人，没准早就放弃了。崔放突然想到一个问题，“当时城西分局的局长是谁？”

“还能是谁，钟囿呗。”

“钟囿？”

“就是钟囿，现在的市局副局长，你们刑警支队都归他管。”

崔放点点头，说：“那么，你知道那个夜总会老板是什么背景吗？”

“没直接了解过，听说他是郑裕的侄子。你知道郑裕吗？”

崔放觉得这个名字有点耳熟，接着他想起来了，“我记得好像在电视里见过这个人，好像是搞房地产的？”

“就是他。唉，你说这人的一生是富贵还是贫贱，都是事先定好了的。”不知何故，邹东林感慨起来，“就说这个郑裕，当年多牛啊。房地产大亨，腰缠万贯，富甲一方，有钱有势，呼风唤雨。市里不让继续查沈兰的案子，还不是因为那个夜总会老板是他侄子？可突然就心脏病突发死了。人走茶凉啊，转眼之间他的那些企业就换主人了。这还不到两年，就没人再记得他了。不过，”接着他话锋一转，“这郑裕也不是什么好鸟。饱思淫欲嘛，平常百姓都是这样，何况他那么有钱，想当然地以为天下的女人只要他想碰的都能碰。鲁邑打了个强奸犯的事你听说过吧？那家伙就是郑裕。这种人死了，也算报应吧。”

崔放有点意外地说：“我听说查无实据，难道真是鲁邑打了他？”

邹东林笑笑，口气突然变圆滑了，“这事你还是问鲁邑自己吧。这是刑警支队四大队办的案子，我们当时都不知道具体情况。”

“你和鲁邑很熟吗？”崔放问。

“他刚进公安局的时候，是我手把手教的他。”

“郑裕死了，那你不是可以继续查沈兰的案子了吗？”崔放觉得有点跑题，又把话头扯了回来。

“你倒是和我想到一块儿去了。我是打算查的，刚刚着手，不知怎么又让钟局长知道了。当时他已经是市局的副局长了，这案子当初是他下命令不让碰的，郑裕死了不假，可他大概是怕拔出萝卜带出泥吧，特意把我和我们队长一起叫到市局，明里暗里点了我们几句。最后，我是彻底不动这心思了，想想还有几年就退休了，熬着吧。”

“那沈兰又是怎么去找鲁邑的？”崔放问。

邹东林摇摇头，“这我就不清楚了。不过，我想劝劝你，你呢，也帮我劝劝鲁邑——他既然让你来找我，说明他挺信任你的。鲁邑这孩子内向，心里的事从不对别人说。虽然我把情况都告诉你了，其实是希望你能知难而退。年轻人心气儿高，想破个大案混出点名堂，这我都能理解，尤其是鲁邑。这些年一直不太顺……”邹东林大概意识到自己的话太多了，马上改口，“两年前检察院调查他的时候，他挺受打击。总之，我还是劝你们，别碰这案子。把它捅破了容易，收场难。你们都年轻，路还长着呢，机会有的是。”说到这儿，邹东林有些动感情，他自己似乎也觉察到了，摸索着拿起烟盒想掩饰一下，却发现烟盒已经空了。

崔放知道这是一个老刑警的肺腑之言，今天之前，他和邹东林素昧平生，邹东林本不必对他说这些的。崔放站起来，“您放心，我会转告鲁邑的。”尽管是敷衍，但语气真诚。

“你们不会听我的话的。”邹东林盯着崔放的眼睛，那神色再明显不过了：你少糊弄我。然后他又叹了口气，“见到鲁邑跟他说，让他有空来看看我，他可有些日子没来我这儿了。”接着又从兜里摸出一盒烟。

崔放答应着，又问：“我能把这些材料复印一份吗？”

“你把它都拿走吧，反正也没立案，这里不会有人关心这事。”邹东林把桌上的那个文件夹一起给了崔放，“知道你不会空着手回去。”

崔放笑着向他告辞。临走前，崔放对他说：“你得少抽点烟了。”

“戒不掉啦，”邹东林突然问，“你还没告诉我，你是怎么戒烟的呢。”

“你真的想知道？”崔放皱皱眉。看到邹东林热切地点点头，崔放说，“戒烟之前的那天晚上，我一口气抽了两盒烟，把烟头都扔在一个水杯里，然后把那杯水喝了。”

第六章

B市检察院家属区位于城西区的西南侧，都是清一色的老式建筑。鲁邑对这种建筑很熟悉。二十世纪七十年代前后多数国家机关或者国有企业的家属楼都是如此，按照苏联图纸设计，结构简单，五六层，灰色或红色，谈不上漂亮，注重的是采光和保暖。历经三十多年的风雨，砖楼早已失去了原来的颜色。前几年为了庆祝建国五十五周年，曾经粉刷过一次，全部被涂成了砖红色。只是颜色调得不太地道，粉刷过后，看上去像一块变质的山楂糕。就是这层颜色也没有保持多久，大概是涂料的质量太差了，很快又露出了灰暗的底色。新旧两种颜色混在一起，显得有些不伦不类。

开车进入小区大门的时候，鲁邑注意到门口停着几辆搬家公司的厢式货车。B市检察院本应于一年前搬到城北开发区的新址，但鲁邑听说，因为检察院的领导考虑到大部分工作人员上班路途太不方便，于是迟迟没有行动。最近，市里把一批城北开发区新建的住宅楼划归检查院使用，总算解决了这个问题。看样子，搬迁正在陆续进行中。他不知道公安局什么时候也能有这样的待遇。

鲁邑带着李咏敲响了三号楼二层左侧的房门。开门的是个中年女人，个子不高——这是委婉的说法，在女性中她的身高应该属于中等偏下，鲁邑估计她不到一米六。但她的穿着很得体，身材胖瘦适中，皮肤细腻，看上去平时保养得很不错。只不过现在她脸色灰暗，面带倦容。她昨晚一定没睡好。鲁邑想，这应该就是曾仲良的夫人吧。

“我们是 B 市公安局刑警支队的，”他向那个女人出示了证件，又指了指身后的李咏，“这是我的同事。”

女人默默地向后退了两步，把他们让进客厅。和住宅楼朴素的外观相比，屋子里是另一个天地。不过作为一个副检察长的家，这里也算不上奢侈得过分。尽管只有三室一厅，格局也是老式的，但看得出，客厅的角角落落都经过精心的布置，显示出主人在上面花费了不少心思。墙壁漆成淡蓝色，地板砖也是淡蓝色的，鲁邑对装饰材料没什么研究，不过是便宜是贵他还分得出来。茶几、沙发、电视柜之类的家具也都与主色调很和谐。总的来说，整个客厅都是冷色调，在这个酷热的日子，让人觉得很清爽、很舒服。女人指指淡蓝色布面沙发，“请随便坐吧，我去叫老曾。他昨晚一宿没睡，刚刚勉强睡着。你们请稍等一会儿。”说罢，女人轻手轻脚地推开卧室的门，闪身进去，又轻轻把门关上。

鲁邑没坐下，反正等会儿曾仲良出来了，他还得站起来，索性就先别坐了。还不知道今天的谈话是不是能心平气和呢。

李咏大大咧咧地坐在沙发上，当她发现鲁邑并没有坐下的意思，只得又站了起来，眼睛好奇地四下打量着。她是七大队最年轻的女民警，二十五六岁，穿戴得挺利索，作为女孩，稍微有点鲁，不过总的来说还不错，脑子也够用，鲁邑不明白她怎么会被安排到七大队。不能被外表迷惑，鲁邑叮嘱自己，七大队的都不是省油的灯。表面看上去挺憨厚的姑娘，说不定就是深藏不露，大智若愚，扮猪吃老虎。他想到了崔放。他想，崔放就像是那种人。听崔放的意思，沈兰找他之前先去了四大队。鲁邑估计沈兰或许是打算找自己的。可她为什么要去七大队？他不太明白。崔放为什么对沈兰那么感兴趣？完全是出于同情心吗？他拿不准。不过，崔放似乎没有恶意。实际上，他一点也不了解崔放，但知道他肯定是个有些背景的人。从局领导对他的态度上就可以看出来。不知道他有没有去找邹东林。还有，等会儿是不是要和崔放见个面呢？

鲁邑决定先把这些问题放一放,集中精力对付曾仲良。鲁邑知道那些统计数字,百分之七十的受害人都是被他们熟悉的人杀害的。在伤害儿童的案件中,凶手是小孩的熟人或家属的比例也是百分之七十。虽然程霄晋没有明确对他交代这个意思,但鲁邑心里是明白的,一旦确认曾南南失踪是事实的话,曾仲良必定会出现在程霄晋列出来的嫌疑人名单里。

卧室的门开了,从里面走出一个高大魁梧的男人。甚至"高大魁梧"这个词都不足以形容他的身材,鲁邑想,应该用"巨大"或者"硕大"之类的词。这个男人的身形路过窗口的时候,他的整个身体几乎把窗户都挡住了,客厅里瞬间暗了一下。他足有一米八五,体重不下二百斤,国字脸,面部线条很硬,浓眉大眼,皮肤微黑,很威严的一副长相。只不过现在看上去很糟糕,头发有点乱蓬蓬的,没有刮脸,胡子拉碴,眼窝深陷,眼睛里布满血丝——由于熬夜的缘故。身上的短袖衬衫也皱巴巴的,似乎睡觉的时候没脱掉。

鲁邑知道他就是曾仲良。他的妻子跟在他身后,两个人形成了鲜明的对比,他的妻子显得更矮了,站在他身边就像个玩具娃娃。他还是两年前那个样子,鲁邑想,不过那时候他神采奕奕,如今却垂头丧气。鲁邑往前走了两步,和他握了握手。他的手很硬,不过此刻有点软弱无力。

鲁邑再次出示证件。但曾仲良的眼睛几乎没往证件上看,他表情疑惑地盯着鲁邑的脸,似乎是在记忆中搜寻着什么。接着他的眼神一闪:"是你?"语气里有点惊讶,但更多的是不悦。

"我们见过吗?"鲁邑不动声色。

"我记得你。"曾仲良的语气很确定,脸上一副厌恶的神色,"你就是那个刑讯逼供的警察! 他们为什么派你来?"

"第一,"鲁邑很平静地说,"没有任何证据证明我刑讯逼供,你们检察院调查了,是你亲自主持的,不是吗? 但没结论,我并没有因此被起诉或被处分,所以你这个说法欠妥当,尤其是从一个副检察长嘴里说出来更不合适;第二,我不认为我们今天来访的目的与以前的事有什么关系。”

李咏似乎感到屋里的气氛有些不对头,下意识地向鲁邑靠近了一步,好奇地打量着两个男人。

“我要给你们程队长打电话,我不会和你谈话的。”曾仲良怒气冲冲地说。

“是程队长派我来的。”鲁邑说。

“那我就给你们钟局长打电话!”说罢,曾仲良走向电话机。

“我想提醒你,你这是在浪费宝贵的时间,如果你真的担心你女儿的话。”

这句话似乎起了点作用,曾仲良的手已经放在听筒上了,但没拿起来。他的妻子轻轻拽了拽他的衣角:“老曾……”

曾仲良看了看她,“你回屋去吧,这里没你的事了。”

女人犹豫着,没动地方。

“回去!”曾仲良的语气严厉起来。

女人甚至没有再争辩一句,低下头进了卧室,卧室门又关上了。她走路很轻,几乎没发出任何声响。

鲁邑意识到,在这个家里,曾仲良是绝对的权威,就像皇帝一样,妻子不过是他的奴隶。他只用一个小拇指就能把那个女人碾碎。实际上,鲁邑希望曾仲良的妻子留下,她是孩子的母亲,她应该能提供些情况,不论是否有用。可鉴于目前这种状况,鲁邑没有阻拦。他担心如果他提出来的话,曾仲良会暴跳如雷。他还不想把气氛搞得太僵。

紧张的气氛似乎略有缓解,李咏从包里翻出笔记本和圆珠笔,坐在沙发上准备记录,鲁邑也从兜里掏出一个小记录本。他没和七大队的人一起办过案子,对于李咏的记录,他想他还是有个思想准备的好。

“我们不会耽误你太多时间,只是一些基本的问题。”鲁邑说。

副检察长没做声，而是颓丧地在一张背对窗口的单人沙发上坐下，一只手撑着额头。

鲁邑没坐下，似乎站着对曾仲良提问让他感觉很好。尽管他对眼前这个人没多少好印象——两年前曾仲良调查他的时候，可不像现在这副样子，想起他当时的嘴脸，鲁邑就觉得恶心。鲁邑提醒自己，应该尽量抛开成见，毕竟小女孩没招谁惹谁，她成为曾仲良的女儿，也不是她自己的选择。

"我们可以开始了吗？"曾仲良依然不说话，鲁邑也不需要他的回答，继续问，"家里除了你和你夫人，还有别人吗？"

"还有个保姆，我今天放了她的假。"曾仲良有气无力地说。

"保姆平时都住在你们家？"

"大部分时间都是，不过她在市里有亲戚，也时不时去那里住。"

"曾南南上学放学都是她负责接送吗？"一边问，鲁邑一边在本子上记下：找保姆谈谈。

"不，一般情况下，我们都让她自己上下学，从她二年级开始的时候就这样，持续将近一年了。我们主要是想培养她的独立意识，她自己也很高兴。况且学校离家这么近，谁能想到会出事呢？"曾仲良的声音里有一丝颤抖。

"据我所知，现在学校放暑假，她天天去学校吗？"

"不是每天。学校里开了一个戏剧班，教小孩子演一些话剧之类的，南南很感兴趣。南南感兴趣的，我们都支持。她每周二和周四的下午要去学校上半天戏剧课，从一点半到四点。"

"那么，昨天这个家里最后一个见到南南的是你们当中的哪一位？"

"应该是保姆吧，我和小月——就是我爱人，"他扭头往卧室的方向看了一眼，"我们一般中午都不回家，平时孩子上学的时候在学校吃午饭，放假期间保姆给她做午饭。保姆说她昨天中午站在窗口看着南南出了小区的大门。"

“保姆叫什么名字？是家政公司介绍的吗？”

“叫韩瑞红，是我一个朋友推荐的。原先小韩在他家当保姆，手脚麻利，而且从不多事，后来他全家出国，把小韩推荐给我了。”

“能告诉我她住在什么地方吗？”

曾仲良的眼中闪过一丝疑虑，“你们不会是怀疑她吧？她不会有问题，而且学校的老师证实南南是上完课之后才离开学校的。”

“一个九岁的孩子，多少也懂点事了，”鲁邑说，“从学校到小区只有五十米，走路都用不了一分钟。你认为，在这么短的时间里，她被一个陌生人领走的可能性大，还是被一个熟人领走的可能性大？”

“但我还是不认为……”

“我并不是说保姆一定与此事有关，我只是尽量考虑到一切可能性。”鲁邑心里想，你也是其中一种，如果你连我怀疑保姆都接受不了，等会儿我的问题可能会让你跳起来。“曾南南是在下午四点前后失踪的，那时候街上人来车往。一个陌生人很难在那种情况下把一个九岁的孩子带走，而又不引起周围人的怀疑。”

这话似乎起了点作用，曾仲良不再争辩，告诉了鲁邑保姆的地址。鲁邑把地址记在了本子上。停下笔，他又问：“如果曾南南果真是被绑架的话，你认为谁最有可能做这样的事？”

“你这是什么意思？我怎么知道？我要是知道，还找警察干什么？”曾仲良的眼中闪过一丝怒火，声音也大起来了。但鲁邑觉得他有点虚张声势。

“这是你的工作性质决定的，你不可能保证你百分之百不得罪人，比如你调查的那些人或许会对你怀恨在心，他们没法报复你本人，于是就对你的女儿……”

“我是不是可以说，这些人之中也包括你？”曾仲良的语气里有些挑衅的意味。

这个人几乎不可理喻，动不动就把话题岔开，而且是以这种粗鲁的方式，鲁邑心里想，他到底想不想找到他女儿？他平静地说：“如果你坚持这么认为，那么我也不否认。你可以向我的领导提出让我回避这个案件，因为我可能会在工作中掺杂个人感情。”

“我会给你们钟局长打电话的。”

“但请你让我把今天的工作做完，因为即使再换一个人来，他向你提出的问题也是这些。你是从事司法工作的，这一切都是程序，你应该比我清楚。”

曾仲良厌恶地盯着他：“好吧，那么快一点。”

“你还没有回答我刚才的问题。”

“我经手的案子那么多，我怎么知道谁会对我怀恨在心？”

“我还是希望你仔细考虑这件事，报复是一个很合理的动机。”

“我经手的案件记录都在我的办公室里，”曾仲良摊开双手，“我现在脑子很乱，真的没办法告诉你。”

“那么你是不是介意我到你的办公室去看看呢？当然，我需要得到你的允许。”

曾仲良勃然大怒，猛地从沙发上站起来，再一次挡住了窗外的光线，屋子里立刻被一个巨大的阴影笼罩。他冲鲁邑吼道：“你是在调查我吗？你没有这个权力！”

卧室的门被推开了，他的妻子——小月担忧的面孔从门后闪出来。“你给我回去！”曾仲良朝她怒吼。

没有反驳，女人听话地把头缩了回去。卧室门再次关上。

“我已经说得很明白了，”鲁邑觉得自己的忍耐力已经达到极限了，他尽量克制着，“没有人打算调查你。在你经手的案件中可能有我们需要的线索，可能有与你的女儿失踪有关的线索。”

曾仲良双眼冒火：“即便我同意，那个被允许进入我办公室的人也不会是你！你走吧，我不想再和你谈下去了，我受够了！”

鲁邑不再说什么，扭头看了看李咏。李咏早就把笔记本塞进挎包里站了起来，似乎她也认为谈话谈到这个份上，已经没法再继续下去了。鲁邑本打算再去看看曾南南的房间的，看来是不太可能了。

下楼的时候,鲁邑一直觉得自己的后背被曾仲良恶狠狠地盯着。直到上了车,他的这种感觉也没有消失。他想曾仲良是不是依然站在窗口盯着自己呢?

来的时候是鲁邑开车,不过现在李咏却主动坐在驾驶座上。鲁邑犹豫了一下,考虑着是不是应该信任她的驾驶技术。李咏已经把汽车发动起来了。鲁邑也不再多说什么,打开车门钻进了副驾驶座。他的脑子确实需要放松一下。默默观察了一会儿,他发现自己刚才的担心是多余的,李咏的驾驶技术还算娴熟。从这一点来看,七大队的人也不是一无是处。他想是不是应该让李咏继续跟自己办这个案子。

"把你刚才的记录给我看看。"鲁邑说。

李咏没吱声。

鲁邑看了看她,她似乎在专注地开着车。于是又重复了一遍。

李咏有些吞吞吐吐:"你真的想看?"

"是的。"鲁邑认真地说。

"好吧,"李咏无奈地叹了口气,"在后座我的挎包里。不过,我觉得你还是别看的好。"

鲁邑不理她。从后座上拿过那个黑色的上面带有"LV"标志的看上去价格昂贵的挎包,翻出了她的笔记本。笔记本是崭新的。他随便翻了几页,没看到任何文字记录。但是有一幅用圆珠笔画的漫画,画的是曾仲良,不过做了些夸张的处理。漫画里最突出的是曾仲良的面部,双目圆睁,鼻子里喷着火,头上长角,背后展开了一对邪恶的巨大翅膀,身体呈一种蹲着的姿态,两条腿被画成了两只粗壮而又令人毛骨悚然的鸟爪。画面的背景很阴郁,到处都是燃烧着的火焰,就像是地狱里的火窟。这和一个伤心欲绝的父亲毫不相干,而是一个被激怒的恶魔。

鲁邑看着这画,半晌没说话。平心而论,这漫画画得很传神,恰恰是自己心目中对曾仲良的印象。他侧过脸看看李咏,李咏脸色有点尴尬，假装很专注地盯着前方。

“画得不错。”鲁邑把笔记本放进挎包，又把挎包扔回后座上，“把你放在七大队可真是委屈你了。不过下次，画画的同时也记上两笔，不会每次都有人帮你作记录的。”

听到“下次”两个字，李咏的眉头舒展开了。嘴角已经忍不住露出了笑意。

鲁邑的声音又严厉起来：“不过我警告你，不要让我看到我的形象出现在你的漫画里。”

李咏吐了吐舌头，岔开话题：“现在我们去哪儿？”

鲁邑犹豫片刻。他本想完事之后和崔放联系，但现在他改变主意了。曾仲良说他要给钟囿打电话，他不会是随便说说的。有些事，必须趁他打这个电话之前做完。鲁邑不知道时间够不够。

“去检察院。”鲁邑说，把头靠在椅背上，微微眯起了眼睛。

第七章

从邹东林那里出来，崔放没有回市局。替方靖宜找董莉的事还要往后放一放。邹东林说沈兰不是川沙县的人，而且她的名字十有八九是化名，这一点让崔放很不安。如果这些都是假的，那么沈兰留给自己的地址和联系电话就很可疑了。

崔放掏出手机，拨打了沈兰留给他的那个电话号码。电话里传来刻板的女声："对不起，没有这个电话号码。"为了保险起见，他又拨了一遍，还是如此。我真笨，崔放暗暗埋怨自己，当时就应该核实一下的。

他开着那辆破旧的桑塔纳，费了将近半小时，按照沈兰留给他的那个地址，来到了天香阁西路十一号院。崔放是在B市好几年了，但从未见过所谓的天香阁长什么样。据说天香阁初建于乾隆年间，风流皇帝下江南的时候曾经在此地微服私访，本地一个大商人为了让皇上招妓不受打扰，特意把自己住的园子腾出来，当然免不了要豪华装修一番。皇上龙颜大悦，临走之前给他题了块匾，这就是天香阁的由来。很久以前就有人对此事提出质疑，说B市离江南差着十万八千里，又不在大运河沿线，乾隆下江南怎么会下到这里？但也有人反驳，说皇上下江南总是先走陆路，到山东境内才走大运河，B市虽不在运河沿线，却离山东不远，怎见得皇上没来过？而且"天香阁"这个名字也是皇上来过的有力佐证。天香，顾名思义就是国色天香的省略。天香阁自然就是藏女人的地方。鉴于这位皇帝到处乱涂乱画的习惯在中国历代皇帝之中是数一数二的，他有生以来留下的笔迹覆盖了大半个中国，因此此事到底是真是假，一直没个结论。后来，“文革”末期一场大火结束了所有争论。不过天香阁路的名字却一直延续下来。

天香阁西路十一号院原来是一家大型军工厂的职工宿舍区的一部分，二十世纪九十年代初军转民之后，工厂迁到了郊区，并且在新厂区附近又建了一批宿舍楼。现在十一号院里住的都是什么人，崔放搞不清楚。这一带的房子虽然旧了些，但因为地处老城区，靠近市中心繁华地带，交通比较方便，因此租金并不便宜。崔放怀疑沈兰是不是住得起这里的房子。

沈兰留的那个地址是甲4号二单元616室，在六层，也就是最高的那一层。开门的是个七十多岁的老太太，隔着防盗门很警惕地上下打量着崔放，不但没回答崔放的问题，还反问崔放是谁。崔放出示了证件，老太太的态度来了个一百八十度的大转弯，一个劲儿冲崔放道歉，说街道刚刚通知，有个以抄煤气表为名入室抢劫杀人的疯子流窜到这一带，专门找只有老人和孩子的住户下手，已经得手好几次了，她不能不小心点。又问崔放是不是来抓这个疯子的。崔放再次问这里是不是住着个叫沈兰的。

老太太说：“怎么你也找这个人啊？”

崔放问：“难道还有人来找过沈兰吗？”

“有啊，就在不久前，也就一两个星期吧，有个男的来找她，跟你一样，也是警察。”

“您还记得他叫什么吗？”

“想不起来了，”老太太叹气说，“老啦，刚刚的事儿一转眼都能忘……”

“那沈兰到底住不住在这儿啊？”崔放怕她扯远了，赶紧把话题扯回来。

“从来没听说过这个名字。”老太太说，“我对上次那个警察也是这么说的。”

崔放想，沈兰或许没有用自己的真名租房，就大致描述了一下沈兰的长相。

老太太还是摇头，告诉崔放，要是放在二十年前，整个院子里的住户她都能叫得出名字，可自从老军工厂搬走之后，院子里住进了许多杂七杂八的人，今天搬来明天搬走的，她早就习惯了，然后又问，那个沈兰和抄煤气表的有关系吗？

崔放说有。我们怀疑这个叫沈兰的与抄煤气表的疯子认识，知道他藏在什么地方，所以如果您见到符合描述的人，请和我们联系。然后给老太太留下了他的电话。

回到自己的破桑塔纳上，崔放掏出手机拨通了鲁邑的号码。他先感谢鲁邑，说邹东林帮了很大的忙，然后告诉他邹东林挺想他的。

“你找到沈兰了吗？”鲁邑问。

“我明白你上午跟我说的是什么意思了。”崔放说，“如果下次还能见到沈兰，我第一件事就是把她铐起来。”

“我猜你现在正在天香阁一带吧？”

崔放苦笑：“你早点告诉我多好，省得我瞎忙活了。她当初给你留的也是这个地址吗？”

“那个老太太对你挺热情吧？”鲁邑轻轻笑着。

“老太太说以前有人到她那里打听过沈兰，我猜就是你。”崔放翻出邹东林给他的材料，“邹东林没跟我说你是怎么知道沈兰的事的，他让我问你。”

鲁邑那边没回答。

崔放听到手机里有些杂音，他估计鲁邑可能在开车。“你这是要去哪儿？我们什么时候可以见个面？”

“今天的调查还没结束，”鲁邑说，“我也不知道要到什么时候。”

崔放估计今天和鲁邑见面很难了，他说：“那你能不能再帮我个忙？你和电话局的人熟吗？”

“说吧，什么事？”

“帮我查个号码,65254257。”

“如果我没记错,这应该是沈兰留下的那个号码吧?”鲁邑说,“是空号,什么也查不出来的。”

“我知道是空号,我只是想知道这个号码成为空号之前是哪里的电话。”

“我好像有点明白你的意思了。”鲁邑说,“我以前没想到。你等我电话吧,我争取尽快告诉你。”

挂了电话,崔放把车开出十一号院,车速很慢,边开边观察着路边的情况。马路北边的小区门牌号都是单数,南边是双数。经过一个十字路口,就是天香阁东路。沈兰留给自己的地址与她留给鲁邑的一模一样。尽管这是个假地址,但还是有线索可循的。如果沈兰留给鲁邑的地址是随口编的,那么一两个星期之后她再次给崔放留了同样的地址,不会一字不差。这至少说明这个地址就在她的记忆里,她知道这个地方,或者她来过这个地方,更有可能的是,也许她住的地方离这里不远。崔放希望是后一种情况。他在等鲁邑的电话。如果沈兰留的电话号码曾经是这一带的,崔放的猜测就可以得到证实。

崔放把车开到天香阁东路,马路的南北两侧各有两个住宅小区,北边是三号和五号,南边是八号和十四号。他觉得沈兰比较有可能住在东路。他打算下午就在这里等着,如果沈兰真的住在这附近,她早晚要经过。路南的两个小区之间是肯德基和一家小型超市,或许沈兰会出来买东西?崔放想。

崔放已经把方靖宜交代他的事完全抛在脑后了。

第八章

曾仲良的态度让鲁邑十分疑惑。看他那副丧魂落魄的样子,不像是装出来的,他确实是在为女儿担心。他对自己有敌意,也在意料之中,鲁邑没想到的是,他的敌意居然强烈到这样的程度,宁愿浪费宝贵的时间让公安局换个人来对他进行询问,也不愿鲁邑待在他家里,甚至因此影响到失踪案的调查也在所不惜。这不合常理,鲁邑想,在两年前的那个事件中,受到伤害的是自己而不是曾仲良,曾仲良什么也没有失去,甚至后来还得到了提拔——当时曾仲良是检察院反渎职侵权处处长,还不是副检察长。而自己因为这件事,差点连警察都当不成了。实际上,应该是他对曾仲良怀恨在心而并非相反。

去他的办公室看看的想法是到曾仲良家里之后才产生的,并非出于事先的计划。直到现在,车已经开到检察院门口了,鲁邑仍然不清楚自己来这里到底是为了什么。想在曾仲良的办公室里发现什么呢?他回答不上来。他只是隐隐觉得,这个失踪案不像表面上看起来那么简单,曾仲良故意隐瞒了许多东西。

B市检察院离家属区挺近,也就一站多地的距离,步行最多一刻钟,早晚上下班走走路,就当锻炼身体了,难怪这里的人不愿意搬到城北开发区。检察院大楼前停着几辆卡车,看来B市检察院也正准备搬家。一路上楼,鲁邑不断看见有人搬着纸箱子上上下下。他觉得自己来得可能正是时候。

副检察长的办公室在五层走廊的最里面,门开着。本来鲁邑还担心曾仲良不在,他的办公室会锁着门。曾仲良的秘书二十七八岁,身材有点单薄，戴副近视镜，正满头大汗地整理着办公室里的东西，门口堆着两个纸箱子，看上去已经整理好了，还有个纸箱敞着盖放在一边，里面的东西装了一半，都是些法律书籍和刊物之类。

鲁邑向秘书出示证件，说明来意，“曾副检察长家里出的事，你听说了吧？”

秘书扶了扶眼镜，一脸同情之色，“是啊，真没想到会发生这种事，你们找到孩子了吗？”

“我们就是为这事来的。”鲁邑的语气很诚恳，然后他介绍身后的李咏，“这是我们刑警支队七大队的李警官，七大队是专门负责儿童失踪案的。”

李咏大方地向秘书伸出手，鲁邑注意到，和李咏握手的时候，秘书的目光在李咏脸上停留了好一会儿。

尽管鲁邑事先没和李咏打招呼，李咏却似乎明白鲁邑的想法，她对秘书说：“我们刚从曾副检察长家里过来。”

“出了这样的事，他肯定急坏了。”秘书担心地说。

李咏顺着他的话，“他爱人说他昨晚一宿没睡，我们去他家的时候他刚刚勉强休息了半小时，不得已又起来接待我们。他的情绪挺低落的，我们也很不好意思，他这么累了还要打搅他休息。可实在没办法啊，一切都要以案子为重，以他女儿的安全为重……”

“是啊，”秘书感叹着，“找到孩子最重要……那么你们……”他看看李咏，又看看鲁邑，“我能帮什么忙吗？”

“是这样，”鲁邑咳嗽一声，这套谎话他在来的路上就编好了，“曾副检察长说你或许能给我们提供一些有用的信息。”

“我？”秘书有点茫然。

李咏把话接过来，“我们专案组分析，南南——就是曾副检察长的女儿，她可能被绑架了。很有可能是因为曾副检察长在工作中得罪了什么人。他平时是不是很严厉？”

“啊，他工作很认真。”秘书模棱两可地说。

这个回答有点滑头。鲁邑听得出来，秘书对上司畏惧多于敬重。曾仲良在家里是皇帝，对自己的下属恐怕也好不到哪里去。

“这就对了，”李咏像是得到了印证似的，“所以有人绑架他的女儿。这比以勒索钱财为目的的绑架更让我们担心，因为普通的绑匪只是想要钱，拿到钱之后多数情况下都不会伤害人质。可如果他们是以报复为目的……”李咏的话没说完，意味深长地看着秘书。

“那……”秘书犹犹豫豫地接口说，“那他们是不是要……”

“撕票！”李咏加重语气，“他们很可能撕票。所以我们必须尽快找到线索，时间拖得越长，孩子就越危险！”

“那么我……”看来秘书还是不明白他能帮上什么忙。

“曾副检察长现在的精神状态很糟糕，担心女儿的安全，一时很难回忆起他到底得罪过什么人。再说他也实在太疲惫了……你知道，他一宿没睡，我们去他家之前，他刚刚睡了一小会儿，还睡得很不踏实。”李咏说话的时候看着秘书的眼睛，她边说，秘书边点头，“曾副检察长说他经手的案子你都知道，让我们找你来了解情况，看看能不能发现什么线索。还请你多多帮忙啊，这是我们唯一的希望了！”最后一句话说得几乎是情真意切。

“近期的案子都在我办公室的电脑上，我可以带你们去查查，只是……”秘书看看他们俩，语气有点犹豫，“这些材料按说是不应该……”

鲁邑知道自己该说话了，他很体谅地说：“我们明白你的难处，要不，你给曾副检察长打个电话，”他看看表，“我们是十分钟前离开那儿的，估计他还没睡……”

“既然他知道这件事，我就不打电话了。”秘书说，他又看看还没整理完的办公室，“这里太乱了，要不去我那里查吧，我在隔壁办公。”说着，他走向门口。

鲁邑掏出手机，“我给程支队汇报一下。”他示意他俩先去。说着就开始拨号码。

秘书犹豫片刻，没好再说什么，转身带路，李咏马上跟上去。鲁邑还听见李咏有一搭没一搭地跟秘书闲扯，“实在给你添麻烦了，正赶上你忙活的时候，是不是这些东西今天都要搬走……”

鲁邑看得出秘书不太放心，知道自己时间不多。他迅速在办公室里转了一圈。靠墙有一排玻璃门的文件柜，有两个柜子里全是专业书籍，另外的两个里都是清一色的蓝色塑料文件夹，上面写着案件的编号。鲁邑看不懂这些编号有什么意义，也来不及一个一个查。他的目光又转到办公桌上，宽大的办公桌上放着一台液晶显示器，电脑主机在桌子下面。他没打电脑的主意。检察院工作人员的电脑一般都会设密码，尤其是检察院的领导。鲁邑在这方面并不擅长。而且一旦开机，电脑可能会自动登录内部网络，这会引起一些不必要的麻烦。

除了显示器，办公桌上的摆设并不多，显得有点过分干净了，看不出有什么能显示出个人特点的东西，没有通常在领导们的办公桌上可以见到的他们和家人、同事或者更上一级领导的照片，只是简单地摆着一个青瓷笔筒、台历——不过上面什么都没有记录、不锈钢保温杯、一部电话，正中央放着一个便笺簿——同样，上面一个字也没写。

他绕到办公桌后面，左边是放电脑机箱的位置，中间是键盘，右侧有三个抽屉，轻轻拉了一下，都锁着。鲁邑观察了一下，那锁没什么特别的，与常见的电脑桌类似，那三个抽屉由一把锁控制着，只要打开最上面的抽屉，下面的两个也就同时打开了。鲁邑从兜里掏出一大串钥匙。他不会撬锁，不过他知道，所有办公桌抽屉的锁都是差不多的，他收集了三十几把类似的钥匙，基本上没有遇到过他打不开的抽屉。果然，试到第七把钥匙的时候，“咔嗒”一声，锁被打开了。他往门口的方向看了一眼，空荡荡的，没人经过。他估计李咏应该能明白自己的用意，会在隔壁缠着秘书。不过他还是要抓紧时间。

第一个抽屉里没别的东西，只放着一把六四式手枪。曾仲良这个级别的官员有把枪倒不稀奇。他掏出手绢垫着，拿起那支枪看了看，枪号很清晰，应该是经过合法登记的。抽出弹夹，里面的子弹是满的，又拉开枪膛，枪膛里也有一发子弹。鲁邑有点奇怪，这样放枪可不太符合规定。通常，子弹和枪是要分开存放的。曾仲良应该没多少机会用枪。这支手枪的保险虽然没打开，但枪膛里却顶着一颗子弹，随时准备开枪的人才会这么做。曾仲良有这个必要吗？还是他觉得自己有什么危险？

第二个抽屉里放着几张信用卡，四大银行的都有，一个信封里装着一沓现金，不多，大约也就五六千块，一个金属夹子夹着些发票和报销单据，几张购物卡，一沓购物券，几个精致的小礼品盒——鲁邑没打开看，他估计无非是金笔、领带夹之类的小玩意儿。还有一部手机，目前在关机状态。鲁邑按了一下电源开关，手机屏幕亮了，他检查了一下，电话簿里没有储存任何电话，收件箱里的信息都是些小广告之类——商品房、家教、卫星电视、假发票等，和平时鲁邑的手机接到的那些垃圾信息差不多。不过，通话记录显示有几个呼进呼出的电话，有手机，也有普通的座机，鲁邑掏出笔，迅速把这几个电话的号码以及通话时间和通话时长都记录下来。然后他用这个手机拨打自己的手机号码，感觉到自己兜里的手机在振动，他马上挂断电话，把这个呼叫记录清除，关掉手机，把它放回原位。

第三个抽屉里是一排码放整齐的光盘，每张光盘都有塑料盒，盒子上都有标签，标签上的注释和鲁邑在文件柜里的那些文件夹上发现的一样，都是案件编号。电脑桌的抽屉里放着光盘也很正常，鲁邑估计这些都是和案件有关的影像资料，他大概浏览了一遍，发现最里面的一张光盘上没标签。他把那张光盘抽了出来，除了没标签之外，和其他的光盘没有什么不同。他犹豫了一下，把光盘揣在身上。然后他关上抽屉，用同一把钥匙锁好。

把这一切都做完，鲁邑轻轻嘘了一口气。如果就这样走出这间办公室，他想，就意味着犯罪。不过比起他们做的那些事，这又算得了什么？他并不感到内疚。他最后扫了一眼办公室，想看看自己还遗漏了什么。最后，他的目光落到办公桌上的那个便笺簿上。这次，他注意到便笺簿上虽然没写字，但并不是新的，前面几页被撕掉了。他心里一动，顺手把最上面的那一页撕了下来，揣进兜里。

在隔壁办公室，那个秘书坐在电脑前，双手在键盘上敲打着。李咏搬了把椅子坐在他旁边，歪着头盯着电脑屏幕，不时对屏幕上的某条信息指指点点。只要是她感兴趣的信息，秘书都会用鼠标点一下打印按钮。桌子上的激光打印机"嗡嗡"作响，已经吐出了手掌厚的一沓文件。两个人似乎都很专注。李咏的头离秘书很近，两个脑袋都快碰到一起了。秘书正襟危坐，表情僵硬，目不斜视，魂不守舍。

看见鲁邑进来了，李咏说："程支队怎么说？"

"有些新情况，让咱们赶紧回市局，专案组马上要开个会。"鲁邑顺口胡编。曾仲良随时都会给钟囿打电话，趁他们通电话之前，他要尽快离开这个是非之地，至少要把兜里的东西处理一下，把那些东西放在自己身上太不谨慎了。

李咏明白了他的意思，站起身，对秘书千恩万谢："实在是太感谢你了，我就先把这些文件拿回去，正好要开专案会议，我们可以一起分析一下。给你添了这么多麻烦，你还要接着收拾屋子吧……"

"应该的，都是应该的，为了找到孩子嘛……"秘书有点恋恋不舍。

一路下楼，鲁邑什么也没说，李咏也什么都没问。直到把汽车开出检察院的大院，李咏终于忍不住了，"怎么样，收获不小吧？"

"什么收获，你想哪儿去了。"鲁邑装糊涂。

"喂，我冒着陪你坐牢的危险给你打掩护，你居然不让我知道你干了什么，这有点不合适吧？"

"正因为怕你受牵连，我才不想让你知道。"

李咏装出一副十分委屈的腔调："天哪，我已经陷进来了。他们肯定会把我当成你的同谋。一旦出了什么事,那位小秘书一招供,谁会相信我什么都不知道?老兄,美人计我都用上了,你还说怕我受牵连?”

“听你这意思,你已经把自己划到美女的圈子里了?”鲁邑吃惊地问。

第九章

城西分局会议室前的白板上已经多了些内容:专案组每位成员的联系电话。不过,仅此而已。当天下午的专案组碰头会没持续多长时间,因为实在是没摸到什么有价值的线索。城西分局的两位刑警没有来参加会议,他们还在调查曾南南的亲友;方靖宜那一组也没多大进展,因为人手实在太少,铺开的面又太大,各派出所的任务是布置下去了,不过还没反馈,这需要时间;本市有性犯罪前科的人员名单已经汇总上来了,如果一个一个查的话,也不是一时半会儿能完成的。

鲁邑没说他和曾仲良发生的冲突,也没说他去检察院的事。李咏很给面子,什么也没提。鲁邑把熟人作案的想法说了,提到了保姆的事,不过他还没来得及去调查保姆的情况。接着他又提出一个建议,是不是应该模拟一下曾南南失踪当时的现场情况。就从她离开学校的那一刻开始,分析她可能遇到的每一种情况,可能走过的每一条路线,可能遇到的每一个人。而且这个模拟应该在曾南南失踪的现场,也就是从学校到家那五十米的范围内进行,最大限度地复原当时的原貌。

程霄晋对这个想法挺感兴趣,但今天来不及了,只能推迟到明天。可明天是星期六,周末大街上的情况肯定与平时有很大不同。他征求方靖宜的意见,方靖宜说即使有点区别也无妨,反正对曾仲良家周围情况的调查还在继续。唯一的麻烦是人手不够,加上正副组长一共十四个人——本来是十五个的,可董莉还是没出现,崔放也不来电话，方靖宜几乎不抱希望了——就算把所有人都铺到那个现场去也不够。方靖宜跟程霄晋商量，能不能和钟局长提提，多派点人手来。

到四点为止，曾南南失踪已经整整二十四个小时。如果说一开始程霄晋对这个所谓的失踪案有点不以为然的话，现在他确实有些担心了，他不想看到自己的预言成为现实。不过，暂时他还不想从金三顺那里抽调人手，林柯的案子压力也很大。要从其他地方抽人，还得钟囿说了算。他不知道钟囿会不会同意，他打算明天一早和钟囿说说。

现在程霄晋还有一个麻烦，媒体不知道从哪儿得到的消息，从下午开始，记者们就不断给他打电话。他们问曾仲良的女儿是不是真的失踪了，同时询问沙沟烂尾楼一带的枪击案是怎么回事。他一律无可奉告，然后把他们都推到了宣传处那儿。宣传处肯定什么也不会说，除非分管局长钟囿同意。钟囿平时挺重视和媒体的关系，如果媒体逼得紧，他说不定会召开新闻发布会，但这个新闻发布会不是那么好开的。关于曾南南的失踪，他们实在没什么可说的；关于林柯的案子，公安局又不能透露——卧底这个词太敏感了。

经侦支队长王帆点了头，宋佳终于见到了童志刚。童志刚说，陈安国不是他的直接下线，他说的话，陈安国也未必能听得进去。宋佳问陈安国的直接上线是谁，童志刚不说话了。

宋佳知道开条件的时候到了，他对童志刚说："你看，你这个案子，案值也就不到四千块钱，虽说不多，但也足够处理你的。你别以为你扛着不承认我们就拿你没办法。现在办案重证据不重口供，你一个字不说法院照样判你，而且因为你态度不好，还会从重从严。我听看守所的人说，这些日子你看了不少法律书，那你就应该知道我不是吓唬你。你自己考虑考虑，就因为这不到四千块钱，蹲个一年半载的值不值？"

童志刚小心翼翼地说："如果我告诉你们陈安国的上线，你们会放了我？”

宋佳知道有戏了，脸一板：“案子都立了，怎么能说放就放，法律又不是儿戏。”

童志刚有点糊涂了。

“你是聪明人，”宋佳趁热打铁，“受害者那边你总得交代一下吧？把钱退给人家，态度好一点，和警方合作，我们呢，也退一步，不追究你的刑事责任。不过你可听好了，是不追究，不是你没犯错误。”

犯罪变成了犯错误，童志刚终于明白点了，不过他还不太放心：“我只告诉你陈安国的上线就行？你们不问我别的事？你说话算话？”

宋佳回答得很谨慎，“仅仅是在这件案子上，我们不追究你了。如果你出去之后接着行骗，又落到我们手里，那我们可就不客气！”

“这我知道，这我知道。”童志刚考虑一阵，终于说，“他的上线叫杨力军。”

“怎么找到他？”

“我们公司规定，各级代理只保持与自己的上线和下线的单线联系，代理之间不能横向联系。所以，我也不知道怎么找到他。”

宋佳脸一沉，“那不是白说？你光告诉我一个名字有什么用。全中国有一万多人叫杨力军。”

“可是，我们今天晚上要开一个传销讲座，杨力军肯定会去。”

宋佳和金三顺商量了一下，决定晚上一起去见识见识。然后宋佳又给经侦支队的王帆打电话，说只要是晚上行动顺利，就要把童志刚放了。王帆说放童志刚可以，不过晚上的行动他也要参加。宋佳吃了一惊：“王队，你不会打算晚上抓人吧？”

王帆笑了：“外行话。一看你就没和传销组织打过多少交道。这种讲座，少说也得有几百人参加，我怎么抓人？在这种场合，你要敢抓人，几百人上千只脚先把你踩趴下。再说，我就是有本事把这几百人都抓了，关哪儿？监管支队先得找我拼命，让我给他们出饭钱。”

“我明白了，”宋佳说，“您这是打算微服私访啊？”

“本市的传销组织我们经侦支队还不太掌握，我就是去了解了解，加上我在内，我们经侦队只去两个人。你放心，我不会坏了你的事。怎么样，没问题吧？”

“没问题，”宋佳放心了，“我们刑警队给您保驾护航。”

王帆叮嘱：“晚上穿得稍微低调一点。这种讲座是给最底层的传销人员开的，这些人大部分是低收入阶层，要不谁会吃这份苦？”

宋佳笑着说：“我们刑警队也是低收入阶层，想高调也高不起来。”

讲座定在晚上六点，就在沙沟那三座烂尾楼最北边的一座里召开。金三顺、宋佳、王帆，还有一个经侦队的叫郭昆的女民警开着一辆切诺基，离得老远就下了车，步行来到会场。烂尾楼门口两个穿着迷彩服的门卫把他们拦住了，问他们找谁。宋佳说我们是来听讲座的。

其中一个门卫问：“你们有票吗？”

宋佳说：“没有，不过是薛飞介绍我们来的。”来之前，童志刚告诉宋佳，如果有人盘问就这么回答，一般不会有问题。

果然，门卫上下打量他们一番，问：“你们四个都是一起的？”宋佳点点头。于是门卫发给他们一人一张小报，又说，“会场在地下一层，门口可以领一个小板凳。”

所谓会场，就是烂尾楼的地下停车场。他们四个人进去的时候，里面已经坐了黑压压一片人。几个人都吓了一跳。原来估计也就几百人的规模，现在看来少说也有一千人。不论男女老少，每人一个塑料小凳子，坐得整整齐齐。

主席台后面的水泥墙上挂着横幅：只有共产党才能救中国，跟着共产党大胆奔小康，特许加盟，连锁直销。台下的传销人员也不闲着，不时有看上去像是小头目的人领着大家喊口号：“B 市阳光多明亮，百万富翁进我窗，今日空手去搏斗，明天老板返故乡。”上千人扯着嗓子一起喊，边喊还边击掌，边跺脚，那声音震耳欲聋。两千只手臂在空中挥舞，好似千军万马在奔腾，让人眼花缭乱，头晕目眩。

几个人也找了个角落坐下。王帆比较有经验，对另外三个人说："我们四个别坐一起，太显眼。我和老金岁数差不多，我们坐这儿。小宋和小郭看上去就像两口子，你们可以坐那边。"

宋佳脸上立刻乐开了花："夫妻传销……"

郭昆白了他一眼，自己拎着小板凳先过去了，宋佳兴高采烈地跟在她后面。

讲座还没开始，金三顺翻了翻手里的小报。小报的名字叫《传销之友》，头版大标题写着：中国政府关于传销的四点方针。底下的副标题是：允许存在、限制发展、严格管理、低调宣传。二版是地方信息：省委要求国有企业进入传销领域。三版、四版上还有具体实例，如农村妇女加入传销一年挣一百万，从一无所有到衣锦还乡赞助希望小学等诸如此类不一而足。金三顺边看边感慨："这报纸办得还挺专业，又有中央政策，又有精彩故事。"

王帆笑着说："这地方让人长见识啊！"

主席台上出现了一个打扮端庄的中年女子，台下立刻安静下来。中年女子环视会场，然后高声宣布："连锁直销公司营销技巧心得会现在开始。我们有幸请来了中国著名传销理论分析大师，全国连锁直销高层管理人员培训基地讲师，21 世纪网络连锁直销协会副理事长，北京大学著名客座教授高明俊为我们主讲。大家鼓掌欢迎！"

一阵排山倒海般的掌声。

高教授五十上下，戴着近视镜，头发一丝不乱，雪白的短袖衬衫，说话文质彬彬，很有教授气质。他没有太多的开场废话，马上进入主题，介绍的都是很实用的传销技巧。例如，最适合发展成下线的七类人：直系旁系亲属、老同事、老同学、球友、牌友、老乡、同姓。最易于投身传销的六种人：急于跳槽、野心勃勃的人，负债无法偿还寻找发财机会的人，副职领导受正职压抑的人，刚毕业的大中专学生、退伍军人等敢闯敢干的人，政府机关分流和离退休的人，官太太、老板太太、二奶等闲着没事又有余钱的人。还有传销过程中的三谈三不谈原则。所谓三谈，就是一谈本人通过传销发达近况，突出自己后台人物；二谈友谊友情，赢得对方信任；三谈对方长处优点，鼓励对方入线。三不谈即经理总裁一级的办公住宿地址不谈，无业绩就返家的无能之辈不谈，地方政府和执法部门的态度不谈。这位高教授把传销的技巧归纳为善意的欺骗，就好比骗小孩打针不疼一样，总之，是为了对方好。

等高教授讲完，中年女子又走上台，对台下一千多热情高涨的人群大声喊："高教授讲得好不好？"

台下齐声高呼："好——"

"你们想不想成功？"

"想——"

"要轿车吗？"

"传销——"

"要别墅吗？"

"传销——"

"要情妇吗？"

台下一阵哄笑，接着是更嘹亮的回答："传销传销传销——"

亢奋中，上千人都站起来，鼓掌，欢呼，拥抱……

金三顺目瞪口呆，口中喃喃自语："疯了，都疯了……"

疯狂的场面持续了很久才逐渐平息下来。这正是传销组织者想要达到的效果。讲座还在继续，刚才那个中年女子又请上来一个人，还没介绍，台下突然发生了一阵混乱。金三顺循着声音望去，发现混乱来自宋佳那个方向，他心里一惊，赶紧从人群中挤过去。

宋佳和郭昆被一群人围在中间，推推搡搡。不知是谁在喊："警察，他们是警察！就是他们把陈安国抓走的。"似乎有人动起拳头了，还有人把手里的矿泉水瓶子和易拉罐往他们俩身上扔。郭昆已经吓得花容失色了。

事发突然,金三顺一时也不知如何是好,直埋怨自己粗心。林柯出事那天晚上自己没在,因此把宋佳在烂尾楼里抓了人的事给疏忽了。当时,烂尾楼里还有不少传销人员,他们亲眼看见宋佳把陈安国带走的。金三顺一个劲儿懊悔,怎么把这事给忘了,带谁来也不能带宋佳来呀。

宋佳和郭昆被人群推搡着,有几次都险些摔倒。宋佳脑门上挨了一下,不知是谁打的。人群中的矿泉水瓶子继续向他们俩身上招呼。金三顺担心宋佳情急之下会掏枪,只要一亮武器,这局面就无法挽回了。好在宋佳还算明白,并不还手,只是尽量用自己的身体护住郭昆,以免郭昆受到伤害。

"童代理也是警察抓走的,公安局放人,我们要人权!"又有人喊了一句。

人群齐声呼应:"我们要人权!释放童代理!还我陈安国!"

金三顺和王帆对视了一眼,都有点束手无策。眼看宋佳已经快扛不住了,金三顺再也顾不上那么多,分开人群,几个箭步冲到主席台上,对着麦克风大喊:"大家静一静!"

人群安静了片刻,台下的人都扭头望着主席台,没人知道金三顺是什么身份,大概还以为他是传销组织的高层领导。趁着这片刻的安静,金三顺转身对依然傻站在台上的中年女子厉声说:"我是市公安局刑警支队副支队长金三顺,请你帮我维持住秩序,一旦出了什么意外,你要承担责任!"

那中年女子这才清醒过来,终于明白了形势。她大概也知道和警方起冲突没什么好处,于是对着麦克风喊道:"大家不要乱!大家不要乱!都回原地坐好!"

底下有人喊:"公安局抓了我们的人,我们要公安局放人!"周围响起乱轰轰的赞同声,眼看局面又要失控了。

金三顺急中生智:"请各位保持冷静,我们是来听课的,是来学习的，不是来抓人的！”

“学习”这个词产生了一些效果，人群又安静了下来。中年女子趁机喊道：“大家热烈欢迎公安局领导作指示，欢迎公安局指导传销工作！”

这个口号虽然不伦不类，却起到了意想不到的效果。几个领会了领导意图的传销头目带头鼓掌，会场上的掌声从稀稀拉拉逐渐变得热烈起来。看到围着宋佳的人群渐渐散开，金三顺终于松了一口气。不过，等会儿该怎么收场呢？金三顺站在台上，左右为难。

那个中年女子的应变能力不可谓不强，她似乎也意识到这是个千载难逢的机会，赶紧对台下说：“现在，大家热烈欢迎市公安局刑警支队金支队长给我们讲几句话！”她把“副”字给省了，也不知是不是故意的。

掌声再次响起。金三顺进退两难，他还没有面对这么多狂热的传销人员讲话的思想准备，再说，金三顺心里嘀咕，讲什么呀……

台下安静下来，一千多双眼睛期待地盯着金三顺。金三顺没办法，只得临阵胡诌：“欢迎大家到B市来！”

尽管是没话找话，台下的反应还是十分热烈，有人趁机带头喊口号：“传销有理，连锁无罪！”

金三顺擦了擦额头的汗，示意大家安静。台下立刻又变得鸦雀无声。他心想，就是公安局里开大会也没这么有秩序。但金三顺不敢乱讲，这帮人说不定会把他今天说的话传出去，要是过两天社会上传言公安局是传销组织的后台，那他金三顺可就是千古罪人了。

沉吟片刻，金三顺开口了：“各位，今天我站在执法部门的角度谈点看法，要是有说得不对的地方，还请大家批评指正。大家多数都不是B市人，初来B市，我想提醒大家的第一件事是……办暂住证。”

台下立即有人高喊：“我们都办啦！”

“第二,”金三顺继续说,“请大家在晚间不要扰民,不要大声喧哗,乱丢垃圾,随地大小便……”

台下一片哄笑。

“第三,请大家注意安全,协助公安民警维护社会秩序……”

千人讲座在“欢迎公安加入连锁直销”的呼喊声中达到高潮……

一场危机终于化解。金三顺才想起他们来这里要办的正事。

中年女子姓曹,金三顺把王帆介绍给她。一听王帆是经侦支队长,曹女士更热情了。显然她清楚,经侦支队才是决定传销组织是否能在B市发展的关键因素。王帆对她说,此次来的目的不是找他们的麻烦,而是请他们协助公安机关破案。他把他们抓陈安国的原因大体说了说,想请曹女士帮忙,劝说陈安国与公安局合作。事情已经到了这个地步,再找陈安国的那个直接上线杨力军已经没什么意义了,因为曹女士的地位显然比那个杨力军高得多,她说话应该比杨力军管用。

曹女士答应做陈安国的工作,但提出一个要求,请公安局释放童志刚,因为童志刚的被捕使传销组织内部产生了一些震动,有点人心惶惶。她说这也是为了稳定军心。王帆早就准备放人了,但不能答应得太痛快,以免让这位曹女士认为公安局放人轻而易举,她的要价也会跟着水涨船高。协商的结果是,童志刚必须退赔赃款,再处以一笔罚金。曹女士答应得挺痛快,接着请王帆和金三顺参加传销组织的下一次活动,按她的话说,是“提高传销队伍的法律意识”。

金三顺可不想和传销组织有什么瓜葛,但王帆显然另有用意,尽管没答应,却也没把话口封死,只是说来日方长,今后大家打交道的机会还很多。曹女士也知道凡事要一步一步来,一口吃不了个胖子。双方互留了联系方式。曹女士答应第二天一早到公安局见陈安国。

回去的路上,王帆一个劲儿夸金三顺反应快,要不然今天这个局面就没法收拾了。金三顺说:“今天表现最好的是宋佳。要不是他,我们的警花可就惨了。"

宋佳嬉皮笑脸:"这种英雄救美的机会一辈子难得遇上几回,当然要好好表现一下。"

王帆说:"那你调我们经侦来得了。经侦队都是结了婚的大老爷们儿,有心当护花使者,可都没这个胆子。我们小郭还名花没主儿呢!小郭你看怎么样?"

郭昆脸一红,不说话。

金三顺在旁边煽风点火:"老王你这就不对了,你当媒人我不反对,可你不能挖我们刑警队墙角儿啊。把小郭调我们刑警队我没意见。宋佳是我们刑警队唯一的钻石王老五,如假包换,假一赔十……"

一路开着玩笑,金三顺已经把车停在王帆家门口。看着王帆进了楼门,金三顺扭头问坐在后排的二位:"今天大家都辛苦了,我免费服务一次,你们去哪儿,我把你们挨个儿都送回去。"

郭昆说:"不用麻烦了,金队长,我家离这儿不远,我走回去就行。"说着就要下车。

"那怎么行,半夜三更,你要是被坏人劫了,明天老王还不把我刑警队砸了?"一边说,金三顺一边冲宋佳猛使眼色。

宋佳突然明白过来,赶紧说:"要不我送她回去吧。"

"不用,你头上受了伤,还是赶紧回家休息吧。"郭昆推辞着。

"我没事,皮外伤,就是觉得有点痒痒……"

"你们两个都别啰唆了。"金三顺不耐烦了,"都给我下车。宋佳,今晚你负责把小郭安全送到家。然后你赶紧回家睡一觉,昨天就一宿没睡吧?明天早上咱们还得继续和那个陈安国盘道。"

金三顺开车走了。留下宋佳和郭昆,两个人对视一眼,一时都没话说,肩并肩往小区外面溜达。走到小区门口,郭昆站住了,似乎对往哪边走不太确定。宋佳也马上停住脚步。郭昆犹豫片刻,似乎是下了决心似的,迈步往左边走,宋佳马上跟上去。两个人都感觉挺尴尬,可谁也不知道怎么打破这种气氛。宋佳的手机响了,是短信提示。拿出手机看了一眼,短信内容是:“你问的事有结果,速来红发极品。”宋佳的脚步慢了下来。

郭昆终于找到了话:“你要是有事就去忙吧,我一个人没事。真的。”

宋佳问:“你想不想去酒吧坐一会儿?”

第十章

鲁邑打电话告诉崔放，沈兰留下的那个号码原先是天香阁东路一个发廊的。以前天香阁东西两路沿线是一溜音像店和小发廊，当然是那种除了理发什么都会的发廊。后来公安局扫黄打非，把那一溜发廊都清理了。一年前天香阁一带拓宽街道，发廊都拆了，在原址上建了家乐福和肯德基。

这就进一步证实了崔放的判断，沈兰至少在这一带待过，否则她不可能提供一个假地址，还顺带提供一个假地址附近的电话，她对这一带肯定相当熟悉。根据邹东林提供的材料，两年前沈兰已经逃出来了，差不多应该说是自由了吧。那么两年的时间她靠什么谋生，难道是在发廊里？崔放估计差不多是这样。沈兰十四五岁的时候被拐骗，那时候也就是上初中吧，接着连续八年都失去人身自由，逃出来之后身无所长。如果她打算在 B 市生活下去，也没有什么更多的选择。

夏日天长，将近晚上八点，天才完全黑下来。崔放从下午三四点就一直在这里守着，晚饭还没着落。他想，如果沈兰还是从事那类职业，现在正是她该上班的时候。她是继续在某个小发廊呢，还是在某个夜总会？崔放又想到沈兰那一身的伤，这种情况下，她还能出来工作吗？崔放打算等到十点，如果十点还看不见她，那今天就到这儿了。

大约八点半，远远地走过来一个人影，崔放一眼就认出来了，她走路有点一瘸一拐的，手里拎着个塑料口袋，看不出里面装的什么。

看着她走进天香阁东路十四号院,崔放下了车,悄悄跟在她后面。十四号院里有七八座六层砖楼,沈兰走得不紧不慢,看上去似乎一整天都挺悠闲。沈兰进了四号楼中间的一个楼门。院子里光线昏暗,直到走到单元门口,崔放才看清门上方有个阿拉伯数字:2。为谨慎起见,崔放没有马上跟上去。他能听到沈兰踢踢沓沓上楼的声音。楼道的灯是声控的,他看见一楼、二楼、三楼楼道的灯相继亮了又熄灭,最后四楼的灯也亮了。沈兰住四楼。他听见开门关门的声音,接着四楼的一户亮起了灯光。崔放走进楼道观察了一下格局,判断出沈兰应该住在四楼中间的那一户。

崔放还没想好应该怎么办,现在上去敲门问个究竟当然也可以,但沈兰之所以对崔放说谎,肯定有崔放想不到的原因。如果沈兰受了惊吓,再换个地方住,以后就真的不好找了。崔放没理由把她扣起来,尽管崔放相信,随便找个借口把沈兰带到公安局里,沈兰决不会反抗——她的一生几乎都是在别人的摆布下度过的。崔放有点于心不忍。

在楼下等了大约十分钟左右,估计沈兰一时半会儿不会再出门了,崔放开始上楼,上到三层他停下了,随便按了一户的门铃。门开了,一个中年妇女的面孔露出来,身上还套着围裙,屋子里传来电视的声音,还有小孩的吵闹声。女人冷冷地看着他,问他找谁。崔放向她出示证件,压低声音问是不是有个叫沈兰的住在楼上。女人说没听过这个名字,但又反问是不是个女的,二十多岁,打扮妖里妖气,精神有点不正常。崔放估计她说的就是沈兰,根据崔放上午对沈兰的观察,邻居认为她精神不正常倒也不奇怪。

见崔放表示肯定,女人又问了一句:"你是警察?"崔放再次表示肯定。女人打开门把崔放让进来,"总算有人来管管这事了。"

女人告诉崔放,沈兰在这儿住了有大半年了,白天倒也不怎么见她出门,可半夜里太闹腾了。经常半夜里喝得醉醺醺地回来,一边上楼一边还大声唱歌,那嗓子……偶尔还能听见她上着上着楼不小心摔一跤,“摔了就爬起来呗,”女人说,“可她坐在地上破口大骂,也听不懂她骂的是谁。这一骂就能骂上个十来分钟,还又哭又笑的,有时候她骂累了,干脆就在原地睡了,睡醒了接着骂。大半夜的,把孩子吓得不轻。后来,再听到她半夜里上楼,我们心里就求菩萨保佑她千万别摔跟头……”女人说因为这事楼里的人找过居委会,居委会的人上过两次门,明明人在家,可怎么敲里面都不开门。后来又找房东,让房东把她轰走,可房东收了租金,总不能再吐出来,嘴里答应得挺好,就是一直拖着。“我们想找派出所,可谁也不愿意出头。看她平时那打扮,还昼伏夜出的,是小姐吧。现在的小姐多半和黑社会有关系,万一她被轰走了,她再叫黑社会的找我们的麻烦……”女人眼里闪过一丝担忧的神色,“您可千万别说是我说的啊……”

崔放请她放心,又问:“她一个人住吗?”

“基本上是一个人,不过偶尔有个男人来找她,那个男的……那个男的打人。好几次那个男的去了之后,我们就听见她屋里鬼哭狼嚎。等过两天再见到她,鼻青脸肿的,那叫一个惨——”女人的声音里有些快慰。

“你见过那男人吗?”崔放问。

“见过一两次,”女人脸上再次出现担忧的神色,“一看就不是好人,剃着个光头,胳膊上还文了条蜈蚣,那叫一个恶心……”

崔放明白了,邻居们不敢找派出所,多半是因为那个男人,他隐约猜到那个男人是谁了。让崔放奇怪的是,如果沈兰没撒谎,那个男人就是拐卖了沈兰的人。他们怎么会在一起,沈兰不是逃出来了吗?“那个男的上次来是什么时候?”

女人想了想,“一两个星期以前吧。”

“又打她了?”

女人肯定地点点头,“警察同志,您可一定要帮忙啊,再这么下去,全楼的人都要疯了。”

“你有房东的地址吗,或者联系方式也行。”崔放说,“我去找他谈谈。”

离开女人家，崔放直接下了楼。四楼的灯还亮着。他估计沈兰今晚是不会出门了，他想暂时还是不惊动沈兰。于是按照地址去找了房东。房东说，为沈兰的事他也很苦恼。可人家一口气交了一年的房租，现在很少能碰见交房钱这么痛快的人了。崔放问是不是沈兰自己交的钱？房东说是个男人替她交的。问男人叫什么，房东说不知道，人家没说，是他替沈兰签的合同，但签的是沈兰的名字。问那个男人长什么样，房东的说法和沈兰的邻居差不多——三十多岁，光头，蜈蚣文身。

从房东家出来，崔放拨了鲁邑的号码。电话一接通，还没等对方说话，崔放就告诉他：“我找到沈兰了。”

鲁邑似乎并不是特别吃惊：“你打算怎么办？”

崔放说：“还没想好，不过我们还是见面谈谈吧。”

鲁邑沉默了一会儿，“你到我家来吧，图书馆北路米兰花园。”

宋佳告诉郭昆，他要和一个线人见面。那个线人混迹于一帮毒贩子中间，经常能提供点小道消息，尽管没用的比有用的多。昨天沙沟烂尾楼的枪击案之后，他曾让那个线人帮他打听打听。郭昆说那你就去吧。宋佳说，见面的地方是湖滨路的酒吧，他也不知道那个线人怎么会选这么个地方。湖滨路一带毒贩子的活动一向猖獗，他们的眼线也多。两个男人在酒吧里见面比较容易引人注目，但如果身边有个女的，那就显不出什么特别了。郭昆明白了他的意思：“你是说，让我给你们俩当灯泡？”

沿着湖滨公园有一溜小酒吧。说是湖，其实就是个大点的水池子。酒吧外面霓虹闪烁，显示出一个穿绿色连衣裙正在跳舞的女人的背影轮廓以及一头火红的头发，和酒吧的名字倒是很贴切——红发极品。尽管是周五的晚上，但酒吧的生意一般，宋佳和郭昆找了个靠墙的空桌坐了下来。和所有的酒吧一样，一端是吧台，中间光线幽暗的区域是散座，在酒吧的另一端还有个小舞台，专供歌手演唱。此刻，台上两个留着披肩发的小伙子正摇头晃脑地唱着《加州旅馆》。

服务生走过来问他们需要点什么。宋佳要了瓶喜力，没有征求郭昆的意见，给她点了一大杯鲜榨的西瓜汁，又要了一份爆米花。郭昆四下打量一番，“我看这地方也没什么特殊的啊，为什么叫红发极品？”

“这里的老板娘几年前在迪厅当领舞，据说她是舞蹈学院毕业的，原先跳的是芭蕾，后来受了点伤，芭蕾跳不了了，不过当个领舞还绰绰有余。那时候她是 B 市身价最高的领舞。因为经常染一头红发，有人给她起了个外号叫红发极品。后来她不跳舞了，大概是被哪个有钱人包了吧，再后来就开了这么个酒吧。”

“你怎么知道得那么清楚？”

“也是听说的。”

郭昆伸长脖子向吧台方向张望，大概是想看看那个迷人的老板娘长什么样。

“别找了，”宋佳说，“开酒吧的也不一定会天天泡在自己的酒吧里。”

郭昆有点失望。服务生把饮料端了过来，转身刚走，一个人影闪了一下，郭昆和宋佳旁边的那个座位上已经多了个满脸油光光的矮胖子。郭昆着实被吓了一跳。宋佳眼睛一瞪：“鲁四，劳驾你走路出点声，别每次都跟鬼似的行不行？”

郭昆意识到这大概就是宋佳的线人，这个叫鲁四的大热天的还穿着一身 NIKE 运动服，这是酒吧里卖摇头丸的标准打扮。鲁四的小眼睛上下打量着郭昆，边打量边啧啧赞叹：“宋哥，你这个马子正点。”

“你嘴里干净点。”宋佳说，“什么事赶快说。”

鲁四不慌不忙，把宋佳面前那瓶啤酒拿过来喝了一大口，抹抹嘴：“你不是让我帮你打听消息吗？今儿晚上我一直在这附近几个酒吧里转悠，”鲁四边说边向酒吧里四下张望，仿佛是在确认什么，“宋哥，我这可是冒着生命危险啊，要是让他们知道了，你连我的尸体都找不到……”

宋佳不耐烦地敲敲桌子：“说重点。”

“昨天晚上有人看见周伟和两个生面孔在一起。”

“谁是周伟？”宋佳问。

“以前和我差不多，混得不怎么样，可最近这一阵子突然有钱了。”鲁四神秘兮兮地说，“据说最近他做了几次大买卖。”

“和谁做买卖？”

“这一带的人还能和谁做买卖，当然是老杜了。”

“谁告诉你的？”

“没人告诉我。我猜的……”鲁四立刻底气不足了。

“你认识那个叫周伟的？”

鲁四一个劲儿摇头，“不认识，但我听说过他。好几年前，他经常在这一带的酒吧里混。不过有段时间不见他了。”

“那又怎么了？”

“他们三个在一起！”鲁四强调着，“一起上了一辆丰田大吉普，说不定就是去和老杜做买卖，就在晚上十点多的时候。”

这个时间引起了宋佳的注意，“去哪儿了？”

“不知道。”鲁四又喝了口啤酒。

“知不知道在哪儿能找到他？”

依旧是摇头。“不过我一直在打听，有消息我马上告诉你。”

“就这点事，你就把我叫到这儿来？打个电话不就得了？”宋佳看穿了他的心思，“是不是还有别的事——别告诉我你又惹什么麻烦了。”

“这回不是我，”鲁四讪笑着，“是我一哥们儿，其实也不是我哥们儿，是我那哥们儿的马子……”他看了郭昆一眼，马上改口，“他女朋友，被湖滨派出所抓了……其实也没多大事……”

宋佳打断他：“替你那哥们儿藏毒品吧？”

鲁四神色尴尬:“也算不上毒品,就是点 K 粉之类的,其实她根本不知道那是什么……”

“K 粉也是毒品,”宋佳怀疑地盯着他,“等等,我怎么觉得,你说的那个哥们儿就是你自己呢?”

“宋哥,天地良心,我向毛主席保证……”

“行了行了,”宋佳冲他摆摆手,“我也没兴趣知道。明天我抽空儿问问,要是事儿不大,我帮你想想办法看能不能从轻处理。不过,我要是发现你没跟我说实话,可别怪我不客气。”说到这里,已经有点声色俱厉了。

“我哪儿敢呢,”鲁四眉开眼笑,“那我就先谢谢您了。”

“还有,”宋佳的语气缓和了点,“你也悠着点,这碗饭不是那么好吃的,做什么事之前要想清楚,别闹得没法收拾,到时候我可保不了你。再说你也老大不小的了,别一天到晚这么鬼混了,这行当不能做一辈子。”

鲁四叹口气,神色有点黯然,那股油嘴滑舌的劲儿没了,“我也知道,可是除了这个,我还会什么呀……”

“你要是愿意踏踏实实过日子,我帮你想办法,”宋佳语重心长地说,“你帮了公安局不少忙,早就答应给你搞点奖励,一直没兑现。不过你放心,我都记着呢,少不了你的。”

鲁四有点感动,“宋哥,奖励什么的我不要了,这些年你也没少照顾我,我还净给你添麻烦……”他站起身,“我不能待太长时间,这里认识我的人不少。我先走了……”说话的时候,他诡秘地看了看郭昆,“二位慢慢聊……”

宋佳点点头,看着鲁四的背影消失在门口。

“两个小时前,你们放过了一个诈骗犯,现在,我又亲眼见证了你纵容毒贩子,帮他们开脱罪名。”一直没说话的郭昆突然开口了,“你为了抓一伙罪犯,却放过另一伙罪犯,任他们危害社会。这样做有意义吗?”

“这个问题已经上升到了哲学高度,我回家好好研究一下。”

第十一章

米兰花园崔放曾经路过几次,但从没进去过。一年前楼市最火的时候,这里的房价曾涨到三万多一平方米。想不到鲁邑能住得起这里的房子。刚到图书馆北路,崔放就注意到这里的环境与天香阁一带简直是天壤之别。

小区保安把崔放的车拦住了,坚持让崔放登记,然后给户主打电话,得到户主确认后才放崔放进去。一路开进去,时不时就能与一辆豪华车擦肩而过。奔驰宝马什么的在这里根本不显眼,路虎SUV隔不多远就能看见一辆,他认出了一辆宾利,一辆兰博基尼,一辆玛莎拉蒂。他开着这辆破破烂烂的桑塔纳行驶在如林的名车之间,感觉就像骑着猪参加F1方程式大赛,连自惭形秽的资格都没有。他平时没注意鲁邑上班开什么车,能住在这里,恐怕他的车也差不到哪里去。

鲁邑给崔放开了门。和豪华的外观相比,屋里的装修显得过分简单。四室两厅双卫生间还包括一个至少二十平米的大平台,除了鲁邑,崔放没看见别的人。客厅里有些凌乱,看上去这里是鲁邑的主要生活空间,一扇推拉式房门开着一半,崔放往里面张望了一眼,里面除了一张席梦思之外空空荡荡的。

崔放感慨着:"这房子太阔气了。"

"主要是因为我爱人有钱,不是我。"鲁邑说,仿佛是在为自己的豪宅辩护。

崔放笑了,很理解地说:"我可没有指责你的意思,有钱女人也是人,也要结婚……家里其他人呢,我这么上门来是不是有点太冒昧了,要不我们出去找个地方……”

“不必,”鲁邑指指沙发,请崔放坐下,“就我一个人住。”然后他又补充,“她们都在美国。”

“她们?”

“我爱人,还有我女儿。”

崔放注意到书柜里的一张全家福,上面的鲁邑还显得挺年轻,女儿在他和妻子中间,大概七八岁的光景。“女儿很可爱,”崔放问,“现在多大了?”让他感到奇怪的是,偌大的客厅里,就摆着这么一张照片。

“十七了。”鲁邑说,似乎不想继续这个话题,这一点也不像是一个为女儿而感到骄傲的父亲。“你要不要喝点什么?”

“水就可以。”

鲁邑去了趟厨房,从冰箱里拿了瓶矿泉水递给崔放。

“谢谢。”崔放说着看了看矿泉水的标签,“依云”,这几乎是世界上最贵的矿泉水。

“沈兰确实住在天香阁一带,是不是?”鲁邑给崔放找了个玻璃杯。

“又让你猜中了。”崔放给自己倒了一杯,咕咚咕咚喝了一气,没觉得这水的味道有什么特别。不过从下午到现在他连水都没喝上一口,他渴坏了。他又把杯子倒满。

鲁邑拉过一把木头椅子,坐在崔放对面,他们中间隔着一张茶几,“说说吧,你现在都知道些什么。”

“实际上,我几乎什么都不知道。”崔放把早上第一次看到沈兰,直到发现沈兰的住址,毫无保留地都说了,也包括沈兰说冯兆兴强奸了她。然后他对鲁邑说,“我可不是来和你交换情报的。你让我去找邹东林,我已经很感谢你了。”

“我没打算瞒着谁,相反我更希望知道这事的人多一点。”鲁邑从椅子上站起来，“之所以让你去找邹东林，而不是直接告诉你，是担心你只不过是一时冲动。等你冷静下来，说不定你会后悔掺和进来。”他站起身，在屋子里来回走了几步，似乎在考虑这个故事应该从哪儿开始讲起，“大约两周前，沈兰找到了我。说她十年前被拐卖了，直到两年前才逃出来。我问她为什么当时不报案，她说她找城西分局报过案。我立刻找邹东林核实，没错，不过老邹告诉我，她报案之后就跑了，一直没下落。我问沈兰为什么逃跑。沈兰说，她当时很害怕，怕自己再被抓回去，怕警察不相信她等诸如此类。

“我想她说的可能是事实。设身处地地想想，八年来，她一直没有和外界接触过，除了那些嫖客和把她卖来卖去的人贩子，她不认识任何人。她对世界的认识几乎都是十四岁之前的。她几乎不知道怎么正常生活。突然间得到自由的激动和兴奋过去之后，面对眼前这个陌生的世界，除了恐惧，我猜不出她还能有什么其他感受。

“沈兰说，在失去自由的八年间，她每天都盼着警察来解救她。有一次——也是唯一的一次，她透过窗帘的缝隙看见一辆警车从别墅前经过。她用手打碎了玻璃，冲那辆警车尖叫，希望能引起他们的注意。可是警车没停，就那么开过去了。还有一次，她以为警察真的来救她了——两个穿制服的警察撞开关着她的那个房间的门，她哭着说你们总算来了。两个警察哈哈大笑，接着周伟——那个绑架了她的人贩子出现在他们身后，他们三个笑弯了腰——他们不知从哪儿找到两身警服，设计了这么一个骗局，就是为了取乐。然后他们轮奸她……”

鲁邑停了一会儿，默默坐在椅子上，仿佛还在回味着这个悲惨的故事。

崔放说：“所以你相信了她。”

“是的，我相信了她。”鲁邑说，“这样的故事是编不出来的。尽管她后来留的是假地址，不过我相信她对我说的大部分是实话。”

“她当时没告诉你冯兆兴的事？”崔放问。

“在你告诉我之前，我从没听说过。”

“这件事你怎么看？”

鲁邑足足沉默了半分钟，他盯着崔放的眼睛：“我相信。”

“那为什么最后还是没立案？”

“邹东林应该告诉过你两年前沈兰的案子是怎么不了了之的。”鲁邑没有直接回答。

崔放明白了，“钟囿不让你查？”

“他没直接对我说。我们大队长邢涛告诉我，这案子他负责，不用我查了，就这么简单。邢涛这个人，钟囿说是，他绝对不会说不。我有点不甘心，再去找沈兰，结果发现那个地址是假的。”

崔放接着他的话说：“那今天发生的事就好解释了。今天早上沈兰又来了，你不在，她去找了邢涛，然后邢涛把她推到我这里。或许他以为我对这事不会感兴趣。因为我是七大队的。”

“我也很好奇，七大队的人为什么会对这个案子感兴趣？”鲁邑探究地盯着他。

“或许是因为……”崔放犹豫着是不是要告诉鲁邑，然后他下了决心，“我是孤儿，确切地说，十岁之后，我就成了孤儿。我从小就知道什么是绝望。没有父母，没有朋友，和周围的世界格格不入。每天为生存挣扎，可又不知道这么辛苦地活下去有什么意义……你不会明白这些的。”崔放苦笑一下。

“那你怎么会当警察呢？”

“不是我选择的。”崔放耸耸肩，“是他们选择了我。”

“他们？”

崔放没解释“他们”是谁，“来 B 市公安局之前，我当了八年卧底，在一个贩毒集团里。”

“听上去你并不太情愿。”鲁邑说，“那他们为什么还让你干呢？”

“一个人之所以能在这个世界上留下痕迹，不仅仅是因为他能呼吸。他同时也是许多人生活中的一部分，他是某些人的儿女，是某些人的丈夫或妻子，是某些人的兄弟姐妹，是某些人的好友。这些关系才组成了一个完整的人。可是我呢，我什么都不具备，我就是我，如果我死了，不会在这个世界上留下任何痕迹。还有谁比我更适合当卧底呢？无牵无挂，也不被别人牵挂。况且，我又是在那种地方长大的——文昌街这个名字你应该听说过吧？曾经很出名的。小时候，我周围都是毒贩子，我对他们太熟悉了。”

鲁邑点点头，“后来为什么又不干了？案子破了？任务完成了？”

“就算是吧。”崔放说得有点含糊。

“我听说钟囿以前也当过卧底。他可是官运亨通，步步高升。怎么你们的命运差得这么远？难道你犯错误了？”鲁邑似乎觉得这个问题问得不太合适，抱歉地笑笑，“是不是我的好奇心太强了？”

“我不知道钟囿是怎么当的卧底。”崔放决定告诉鲁邑实情，他独自一个人面对这样的事实已经太久了，“那个贩毒集团被破获之后，我在北京的一个康复中心待了一年。”崔放平静地说。两年来他第一次对别人说起这件事。他曾经试图把它忘掉，但这些记忆就像幽灵一样，总是在崔放最想不到的时候从脑海中的某个角落里冒出来，提醒他，他的努力是徒劳的。他想，或许他早就应该对什么人说说了。说出来，它就不再是秘密了。

“你是说……”鲁邑震惊得张口结舌。康复中心是戒毒所的另一个说法。

“是的。”崔放点点头，“八年的时间有点太长了，我每天和毒贩子称兄道弟。只要进了那个圈子，你就会发现那些愚蠢的说教是多么苍白无力。那个世界适用的是丛林的法则，适者生存，能活下来的都是人精。要赢得他们的信任，我必须变得和他们一样。这不是惊险电影，关键时刻没有人来救你，只有靠你自己。曾经有好几次，我被人用枪顶着脑袋，”崔放把手放在脑袋边比画了一下，“要么吸毒，要么被打死。并非所有的毒贩都吸毒，但吸毒的一定不是警察。这是毒贩的逻辑，而且从某种意义上说，相当正确。我别无选择。想要完成任务,我首先得生存下去。活下去是第一位的,我有时候都忘了我是警察……有了第一次,第二次就不那么难了。我甚至和一个女毒贩同居了两年。我周围不断有人不明不白地死掉。后来那个女毒贩也死了……很大程度上是因为我的缘故。他们的死时时刻刻提醒着我,要活下去。”崔放长长嘘了一口气,还有更令人毛骨悚然的事情他没有说,他今天说得已经够多的了。

“这就是你被安排到七大队的原因?”鲁邑问。

“政治处有一份我的人事档案,上面的内容都是瞎编的。我的那些经历没法写在上面。”崔放说,“打掉那个贩毒集团之后,很多人都因此立了功或者得到了晋升,除了我。我的事情让他们很尴尬。我的直接联络人,也就是我的顶头上司——我不能告诉你他的名字,他不忍心撇下我不管,所以我就被扔到了这里。”

“这不是你的错,他们应该知道。”鲁邑愤愤不平地说。

“我不怪他们,真的。他们也不希望有这样的结果。而且,并不是每个卧底都会像我这样。唯一的区别是,第一次成功之后,他们还想让我继续干下去,而我也同意了。这是我自己的选择,让我没想到的是,我会干这么长时间——八年。其实,没把我踢出警察队伍,我已经很感激他们了。照理说,我这种情况,是不能再穿警服的。”

两个男人都沉默了。或许崔放的故事太出乎鲁邑的意料,他一时不知道说什么好。不过他知道,崔放需要的不是安慰。

崔放站起身,“太晚了,我想我该走了。今天可真是漫长的一天。”

“等等。”鲁邑说,“有样东西,也许你应该看看。”说着,他打开手提电脑,“我在曾仲良的办公室里发现了一张光盘,把上面的内容复制到我的电脑上了。”

“曾仲良?”崔放停下脚步,他知道鲁邑在曾仲良女儿失踪案的专案组里,“曾仲良和沈兰的案子有什么关系?”

“在你告诉我冯兆兴的事情之前,我也不认为它们之间有什么关联。”他找到了一个视频文件,用鼠标双击文件的图标,“你先看,不要问任何问题,看完了我向你解释。”

电脑屏幕上出现了 Realplayer 播放器的界面。视频是黑白的,图像很模糊,也没有声音。如果把它作为一部三级片的话,它拍得实在是太差劲了。画面上是一对男女做爱的镜头。实际上,做爱这个词可能有点不确切。那个女人躺在床上,一动不动,就好像失去了知觉,两只手似乎是被固定在床头的栏杆上。女人身材瘦小,相比之下男人却很高大,可是两个人的面孔都看不清。而且大部分时间,男人都背对着镜头,只是偶尔能看到他一个模糊的侧面。同样无法分辨出周围的环境,一张床,一个房间,仅此而已。画面质量实在是太糟糕了,也许是故意做了某种处理。拍摄角度是固定的,大体上是斜上方四十五度角的位置。崔放意识到,这是偷拍的。最后他注意到了画面右下角的时间:98/05/30。

视频只有两三分钟的长度,很快就放完了。鲁邑把画面在女人的脸上定格,说:“仔细看看她的脸。”

崔放仔细辨认,然后摇摇头说:“太模糊了,我不想轻易下结论。”但崔放的心里已经得出结论了。

“如果我说她是十年前的沈兰,你相信吗?”

十年前,这可以解释图像的质量为什么这么糟糕。这可能是用传统的摄像机拍摄的,然后又转成了数码文件,或者这就是用数码摄像机拍的,不过十年前的数码技术没法和今天比。但崔放回答得很谨慎:“这东西不可能拿到法庭上当证据,你几乎不能说服任何人相信她就是沈兰。如果要进行数据恢复,就必须有原件——原始的录像带,或者原始的数码文件。即便你搞到了原件,也不一定能保证恢复到进行法庭辨认要求达到的效果。而且,我对你得到它的方式表示怀疑。你说是在曾仲良的办公室发现的,但不是曾仲良把它交给你的。”

“曾仲良根本不知道我去过他的办公室,至少现在还不知道。”鲁邑耸耸肩。

“我想你也认出了画面上的男人,他是谁?难道是曾仲良?”

“如果你见过曾仲良,你就会相信这一定是他。”鲁邑又想起下午在曾仲良家里的时候,曾仲良的整个身体几乎挡住窗外的光线的情景,一瞬间,整个客厅被一个巨大的阴影笼罩。画面上的男人就是一个巨人。

“我没见过曾仲良。”崔放说,“假定画面上的男人是他,女人是沈兰,仅仅是假定。你想说明什么?”

“曾仲良为什么把这张光盘放在自己办公室里?很明显,这不是他曾办理过的某个案件资料的一部分,其他的光盘上都有案件编号,唯独这张没有。”

“或许他有什么怪癖,喜欢收藏这类东西?”尽管这么说,但崔放觉得自己的这个解释很没根据。作为一个副检察长,这样做太不谨慎了。

“或许是他遭到敲诈。”鲁邑说,“或者是要挟,随便你怎么说。”

“靠这张光盘?”崔放表示怀疑。

“它的确很不清晰。对于一个局外人来说,很难分辨出画面上的人是谁,但对于当事人就不一样了。如果画面上的男人果真是曾仲良,如果他真做过这样的事,他一眼就认得出自己。或许敲诈者就是想达到这个效果。”

“这和他女儿失踪有关系吗?先敲诈,再绑架?这有点说不通。按说,这张光盘已经足够让曾仲良身败名裂的了,至少会让曾仲良感觉到这种威胁。那还有什么必要再绑架他女儿?”

“我也不知道。或许两件事毫无关联。”鲁邑的口气很不确定,“会不会是沈兰在敲诈曾仲良?或者,沈兰认出了当年强奸她的人,然后绑架了他的女儿?”

“沈兰对我说是冯兆兴强奸了她,”崔放指出,“不是曾仲良。”

“也许他们两个都有份。”鲁邑说。

“你这是故意要把事情搞复杂。就算像你说的那样,沈兰绑架了曾仲良的女儿,又到公安局告冯兆兴强奸,这似乎是引火烧身。什么都不做岂不更安全?”

“你怎么能肯定冯兆兴没有遭到敲诈?或许冯兆兴也收到了类似的光盘,只不过上面的主角是他自己,也许是沈兰敲诈冯兆兴不成,才去敲诈曾仲良。”

“或许沈兰背后还有别人,或许冯兆兴就是那个敲诈的人呢?”

两人对视一眼,都意识到这样讨论下去,可能性会越来越多,而什么结果也不会有。

“我明天应该找冯兆兴聊聊。”崔放最后说。

“他是副市长。”鲁邑提醒他。

“我知道。”崔放无所谓地说,“比他更大的官儿我都见过。”

“或许你根本见不到他,即便你见到他,你怎么说?难道直接问他:冯市长,十年前你是不是强奸了一个女孩?”

“为什么不可以。”崔放笑了。

鲁邑脸上一副不可思议的表情,“你疯了。”

“可能吧。”崔放说,“这和未经允许就从副检察长办公室里拿出一张光盘的行为相比,哪个更严重一点?”

鲁邑也笑了,“实际上,我从他办公室里拿出来的还不止这些东西。”他从笔记本里翻出一张便笺纸,“我想给这张纸做个静电检测,但是我不想在市局做,我不知道能在这张纸上发现什么。也许什么都没有,也许会吓死人。你有什么办法没有?”

崔放接过那张纸说:“交给我吧。”

从鲁邑家出来,崔放没有马上钻进那辆破桑塔纳。他从后备厢里拿出手电筒,先钻到车底下检查了一下底盘,然后打开发动机罩。多年前,他每天都要这样做。这习惯他已经忘掉好久了。他想,现在是该把这个习惯找回来的时候了。

第十二章

7月21日　星期六

武登县距离B市一百五十公里,陈安国就是那个地方的人。退伍后,按照政策,复退军人安置办公室应该帮他安排工作,不过就像其他许多地方一样,地方政府把这些复退军人当成负担。陈安国在复退军人办公室登了记,接着就是漫长的等待。这期间,他得知像他这种境遇的人还有很多,如果排队等待安置,还不知要等到猴年马月。有人告诉他,如果没门路,就是等一辈子也休想等出个结果。开始他还不信,他说我为国家服役,我是在保卫祖国啊!政府能丢下我们不管?

等了两年之后,他和一些没得到安置的复退军人去找安置办讨说法,安置办的人也一脸委屈。他们说不是我们不想安置你们,我们想一口气把你们的问题都解决了,可人事局一个名额也不给我们,我们实在没办法啊。找到人事局,人事局说,每年多少名额不是我们定的,是国家定的,每年就这么可怜的几个,还要方方面面都照顾到……希望你们理解政府的困难。陈安国像皮球一样被踢来踢去,从二十出头的小伙子,成了三十郎当岁的中年人。

这十年间,陈安国摆过地摊,被城管抄了。开过卖杂货的小门脸,被工商取缔了。给别人开卡车跑长途,没想到那车货竟然是走私的香烟,陈安国差点为此吃官司。后来他又去开出租车,武登县是小地方，不像大城市，走在大街上随时都能遇到伸手拦车的。好不容易拉上个客人，人家还不愿意按计价器付费，上来就先讨价还价。陈安国只好在火车站趴活儿，希望能遇见个外地的路远的，这样一趟下来就能挣个百八十。就是这样，他的出租车也没开多长时间，车主嫌陈安国太老实，不会揽生意，把车租给别人了。陈安国就像骆驼祥子，天天盼望着有辆属于自己的二手车。

为了能买辆二手车，他禁不住别人劝说，加入了传销大军，把自己省吃俭用节省下来的几千块钱交了入门费，换来了一盒看上去疗效很可疑的保健药品。但这也没能改变陈安国的命运。他不太善于言辞，没有上线们的那种手腕，别人用起来屡试不爽的手段，陈安国用在别人身上却每次都不灵。不是因为他笨，在部队的时候他在师一级的军事技能大比武里拿过名次，他怎么会笨？他终于找到原因了，是自己的心不够狠。与人为善了一辈子，他怎么也狠不下心来骗人。

传销组织的培训课他每场不落，跟着大家一起喊口号的时候，他比谁喊得都起劲。每当这时候，他会想起军营的生活。部队，那是他一生中最幸福的时光。多像啊，有组织，纪律严格，甚至让他找到了一种归属感。在这里，和他同样属于“无能之辈”的大有人在，他们是传销组织的最底层，经常聚在一起，每天幻想着怎么才能像那些 A 级 B 级代理们那样一夜暴富。终于有一天，他狠了狠心，把那些可疑产品推销给了亲戚朋友——以前他是坚决不在亲友中推销的。谁会想到老实巴交的老陈会骗他们？结果，他因为一口气发展了七八个下线，升格为传销组织最低一级代理——D 级代理。但他并没因此高兴几天，亲友们发现上当受骗之后纷纷找他退钱，但收上来的那些钱被传销组织层层盘剥，他自己根本没落下多少。他在老家武登待不下去了，几乎是声名狼藉，身败名裂，家门口天天堵着讨债的。走投无路之下，他跟着传销大军流浪到 B 市。没钱住旅馆，他就和几个和他同样落魄的 D 级代理一起住在沙沟一带的烂尾楼里。很不幸，他亲眼目睹了一场枪击案，又稀里糊涂地被带到了公安局。

传销组织高层的那位曹女士让他和警方合作，并许诺马上就把他放出来。这并没有减轻他的疑虑，他估计另外两个同伴已经都交代了，按说他也没必要再有所保留。前天晚上发生的事情，他们三个——实际上当时烂尾楼里有七八个传销人员，都看到了。但他知道的东西远比其他人多得多，他不知道是不是应该告诉警方，这才是他一直沉默的真正原因。

讯问室里，金三顺和宋佳坐在陈安国对面。另外两个人他们都询问过了，说的内容大体相同，但金三顺还是想听听陈安国怎么说，因为他们说的那些事情，在金三顺看来，根本没什么值得守口如瓶的。很显然，陈安国是另外两个人的头儿，一开始也是陈安国暗示他们什么都不要对警方讲的。就为这点事在公安局里待上一天两夜并不值得。

那两个人告诉警方，7 月 19 日晚上，天气太热，他们七八个人在烂尾楼里睡不着，就有一搭无一搭地闲聊些传销经验、个人血泪史之类的。半夜的时候，他们听见有辆汽车停在楼下。烂尾楼无门无窗，只要一探头就能看见楼下的情况。他们叫不出那辆车是什么牌子，但肯定是辆越野车。从车上下来三个人，不一会儿他们对面也冒出一辆汽车，车上也下来了三个人，接着就发生了争执，然后就是三声枪响——先是一声，后是两声。因为车灯一直开着，所以看得挺清楚。接着有人倒在地上，然后一个人影向烂尾楼里跑，另外三个跟在后面追。

跑在最前面的那个人——后来发现他是个年轻人，上到他们所在的这一层的时候，又传来几声枪响。具体是几声，这两个人说的不一致，一个说三声，一个说四声。枪声在烂尾楼里显得特别响，楼上的几个人早就被吓傻了。他们看见年轻人倒在地上，不知死活。几秒钟后，后面三个人也追上来了，最前面的人手里拿着家伙。他们显然没想到烂尾楼里有人住，而且这么多，一时间也有点愣神。后来那个领头的——是个秃头，中等身材，但晚上太黑了，烂尾楼里也没电灯，相貌看不太清楚，依稀觉得他三十岁上下，右前臂上有个文身。这一点上两个人说的又不一致，一个说是条蜈蚣，一个说是条龙或蛇——上前几步看了看那个倒地的年轻人，又狠狠瞪了他们一会儿，转身招呼另外两个人走了。至于另外两个凶手，他们一直站在楼梯口的阴影里，没人看清他们的面目，只是知道是男的，都膀大腰圆。

事后大家都挺后怕，说幸亏咱们七八个人在一起，要是只有一两个，说不定就被杀了灭口了。毕竟陈安国当过兵，有点经验，他上去看了看那个倒地的年轻人，说还有点气儿。于是他让两个人陪着去公用电话亭给公安局打电话，然后大家都转移到另外两座烂尾楼里，他们害怕那几个凶手再杀回来，那可就麻烦了。另外那两座楼里也都有十几个人，人多待在一起安全。走的时候太匆忙，锅碗瓢盆都忘带了，后半夜陈安国带着两个人去收拾，结果被宋佳扣下了。

现在，面对金三顺和宋佳，陈安国考虑半晌，就把事先准备好的那套词儿说了出来，和另外两个人说得差不多。金三顺越听越觉得自己以前的猜测是正确的，陈安国可能还隐瞒了什么。但对陈安国这样的人不能来硬的，前一天他的表现就说明了一切。

金三顺说："其实我们还是非常感谢你的，要不是你打电话通知公安局，我们根本无法及时赶到，受害者的命肯定保不住。我首先代表公安局以及受害者和他的家属向你表示感谢。"

陈安国大概没想到金三顺会这么说，愣了一阵，"我……也是应该的，他当时还有口气，我总不能眼看着他就那么死了……"

"不过我们希望你能够救人救到底。"金三顺接着说，"受害者现在躺在医院里，医生说他失血太多，大脑长时间缺氧，受损严重，很可能成为植物人，一辈子靠输液维持生命。他没法告诉我们他当时看到了什么，是谁伤害了他，我们只有靠你了。只有找到凶手，才能真正为受害者伸张正义。而且，必须找到凶手，才能防止他继续伤害更多的人。你当过兵，受过党的教育这么多年，你应该有这个觉悟。我曾经和你以前的连长联系过——他也转业了，他跟我说过你当兵时的情况，说你在各方面都是一流的，是个合格的好战士……我没跟他说你在搞传销，而是告诉他你刚刚救了一个人的性命，他说，他听到这些一点也不吃惊，陈安国会见死不救？笑话……"

"别说了……"陈安国嗓音哽咽，"我求求你别说了……"这个三十四岁的汉子痛苦地低下头，把头深深地埋在膝盖上泣不成声。参军那几年的经历又浮现在眼前，那种天堂一般的生活一去不复返，现在的他无家可归，四处流浪，这都是为什么？

金三顺任他哭泣了一会儿，人都是一样的，长期郁积的感情需要宣泄。等他发泄够了，金三顺递给他几张纸巾，陈安国渐渐停止抽泣。金三顺给他倒了杯水，又为他点上一支烟。陈安国默默抽了几口烟，终于下了决心似的说："我认识那个人。"

几乎是第一眼他就认出来了。领头的那个凶手，光头，右前臂上文着一条蜈蚣，不是蛇。那条蜈蚣他印象很深，因为实在是文得很逼真，左右两边一百多条腿看上去都在动似的。陈安国告诉金三顺，那个人叫单功，是武登县人。上小学的时候，陈安国和他曾经是一个班的，后来又一起考入了同一个中学。单功似乎不太适合念书，初中没读完就开始在社会上混了，经常因为小偷小摸或者打架斗殴进公安局，最后在大街上再也见不到他了，听说是坐牢了。

再次见到单功的时候，陈安国已经复原了。当时的陈安国找不到工作，做小买卖也难以养家糊口，正犯难，单功找上门，问他愿不愿意跑个长途拉一趟货。陈安国没什么选择，只要有钱挣，除了杀人放火，他都愿意干。单功和他一起，两个人轮流开车。来回将近半个月，眼看就要把东西送到地方了，车子被警察拦了。陈安国这时候才知道他运的是什么东西——一车走私烟。车和货都被扣了，但陈安国被放了，他就是个跑腿的，既不知道车是谁的，也不知道货是谁的。不久单功也出来了，看来他也没什么事，但陈安国断定他是知道车上有什么货的。

单功出来之后再一次找到陈安国，问他愿不愿意继续干，陈安国说再也不干了。单功也赞同，说这种替人跑腿的差事，累死累活也挣不了几个钱，还要担着被警察抓起来的风险，不值得，要干就干票大的。他对陈安国说，你当过兵，有胆量，又有身手，我们一起干一票，然后远走高飞。他说的“干一票”是什么意思，陈安国当然明白。此时，他因为运走私烟的事还心有余悸，早已下定决心不再和单功这样的人扯上任何关系，当即就拒绝了。单功没再勉强他，他也只当是单功随便说说而已。不久之后，他听说县里一个民营企业老板的女儿被绑架了，陈安国心惊肉跳，不知这事和单功有没有关系。但单功已经从武登县消失了，没人再见过他。

金三顺问那起绑架案是什么时候的事，陈安国说是1998年。宋佳立刻起身出去了。陈安国接着说，那天晚上，他一眼就认出了单功。虽然光线不好，但那个光头，那条蜈蚣，准没错。当时陈安国赶紧低下头，生怕单功认出自己。到现在他也不知道单功是不是认出自己了。他开始不敢对警方讲这件事，倒不是怕自己惹上什么麻烦，他现在漂泊在外，光棍一条，但他的家人还在武登。如果单功知道是他向警方告密，会不会危及自己的家人？

金三顺说：“如果单功当真认出了你，你不说反而更危险。这种亡命徒，他不会因为你没对警方说出他来就放过你，反而他会时时刻刻担心你什么时候会对警方说实话。这样一来，你或者你的家人更不安全。只有告诉警方，协助警方抓住他，对你才是最安全的。你是当过兵的，应该明白，要想让敌人不伤害你，你就得先缴了他的械。道理是一样的。”

陈安国点点头表示明白，但依然是一脸愁容。金三顺知道他担心什么，安慰他说：“我们会派人去武登县，到时候会跟当地公安局打个招呼，让他们关照一下你们家，你别担心。”

第十三章

每周六是B市的市长接待日，从早上八点半到下午四点半，这种制度已经持续了三年。实际上，正职的市长很少有时间参加，大多情况下都是他的几个副手，有时候是四位，有时候是三位，一般情况下不会少于三位。

办公地点设在市政府大院的小礼堂，因为市领导考虑到在办公楼里接待来访可能不是很合适。崔放是八点半之前赶到的，不过他还是来晚了。小礼堂的门厅里已经坐了二十多位来访者，有男有女，有老有少，有的沉默不语，有的坐在一起交头接耳，甚至还有个抱着孩子的妇女。崔放进来的时候，孩子正在号啕大哭。

门厅里设了个简单的接待台，后面坐着一位机关干部模样的中年男人，面前放着一台笔记本电脑。崔放估计他是市长办公室的秘书。秘书负责对来访者进行登记，简单听一下他们要反映的问题，以便依据几位副市长各自的职责范围，决定由他们中的哪一位接待，然后他会给来访者发一个号，请他们坐在门厅里等待。门厅里还有一台饮水机，一摞纸杯，来访者等待期间不会没水喝。

在一片怀疑的目光中，崔放走到秘书跟前。秘书一手托腮，一手握着鼠标，眉头微皱，正专注地盯着电脑屏幕。崔放怀疑他是不是在玩空当接龙。看到崔放，秘书抬起头，脸上是机械的笑容："你好。"

崔放露出他能装出来的最迷人的微笑："我想见冯副市长。"

秘书似乎并不介意崔放想见谁，"请问您的姓名？"他一本正经地准备登记。

崔放出示了证件,又重复了一遍:"我想见冯副市长。"

秘书仔细看看他的证件,在电脑上敲了几行字,看样子是登记上了,然后用公事公办的语气问:"您要反映什么事情?"

崔放微微弯下腰,向秘书靠近了一点,放低声音:"我想见冯副市长,现在。"

"冯副市长正在接待来访,而且,"秘书脸上显出了一丝厌烦的神情,"您看看周围。"周围那二十几个来访者正疑惑地盯着他们,似乎已经意识到有人不守规矩想加塞儿,"他们之中有些人天没亮就赶来了,就是为了早点见到市领导反映问题。凡事都有个先来后到,既然您是警察,您就更应该带头遵守秩序。"说着,秘书撕下一张小纸片,递给崔放。

崔放看到纸片上写着一个阿拉伯数字:26。那意味着他是今天第26位来访者。崔放没接那张纸片,尽量让微笑留在脸上:"冯副市长正在等我。"

遗憾的是,秘书的智商并没有看上去的那么低。他宽容地笑着,装出一副"我已经很有耐心了"的语气:"崔警官,冯副市长事先并没有交代他有预约来访,否则他会告诉我的。"他再次把那张纸片递到崔放面前,"请排队。"又得意地扫视周围一眼,他没有失望,周围注视着他的人都流露出赞赏的神情。

崔放从身上掏出笔记本,翻到空白页,写了一句话:本市司法界一位高层领导涉嫌在多年前犯下一桩严重罪行,证据确凿,他不愿向警方自首,声称要向媒体澄清事实,请帮我们说服他。他把这张纸撕下来,折了一下,递给秘书:"能不能帮我把它转交给冯副市长?"

秘书犹豫了一下,接过纸条,打开看了一眼,又看看崔放,一脸警惕的神色:"对不起,我不能把这种含义不明的东西交给市领导。"

"你看过它了。"崔放说。

"我看过什么?"秘书有点迷惑。

"当然是这上面的内容。"

“我……”

“我请你把它转交冯副市长,没让你看上面写了什么。”崔放干脆把双手撑在接待台上,把脸凑近秘书,“我不知道怎么向冯副市长解释知情人为什么又多了一个,或许你可以帮我向他说明?”

“我什么都不明白。”秘书脸色苍白。

“你叫什么?”崔放看了一眼秘书的胸卡,“吴子洲?”他把这三个字记在本子上,“也许一会儿你可以向记者们解释一下这一切到底是怎么回事。”崔放站直了身体,准备走人。

“记者?”秘书猛地站起来,“你等等,我一会儿就回来。”

“谢谢。”崔放说。

两分钟后,秘书回来了,脸色很难看,估计是挨了一通训。他对崔放说:“请跟我上二楼。冯副市长五分钟后在接待室见你。”

接待室大约五十平方米,周围摆了一圈皮沙发,四周的墙上挂着几幅有政治色彩的油画。崔放是20世纪70年代末出生的,对这类东西的概念比较模糊,不过最醒目的那幅“井冈山会师”他还是认出来了。崔放没坐,他在接待室中央溜达了一会儿,心里琢磨着一会儿见到冯兆兴之后该怎么说。他来这里,只是想试探一下冯兆兴的反应如何。冯兆兴应该已经看到了那张纸条,如果他是清白的,那么他见到崔放之后问的问题应该是:那位高层领导是谁;他犯了什么罪行;崔放是怎么知道的……纸条上的最后一句话是虚张声势,聪明人都不会当真。如果他有罪,那么他关注的问题仅仅是:崔放来这里找他的目的是什么。如果冯兆兴知道所谓的那位高层领导是谁,他来见崔放之前或许会给那个人打个电话问问到底是怎么回事。崔放记下了现在的时间:7月21日上午8点49分。有机会的话,他想查查冯兆兴和曾仲良之间在这个时间段的通话记录。

说是五分钟,但崔放等了足足有一刻钟,接待室的门开了,一个身材敦实,大约五十岁上下的男人走进来,有点谢顶,白色短袖衬衫没塞到裤子里,浅灰色毛料裤子熨得笔挺,黑色皮凉鞋。崔放曾经在电视上见过这个人，据沈兰说她在电视上见到的也是这个人。

冯兆兴上下打量崔放一阵，向他伸出手："我是冯兆兴。"他简洁地说。握手的时候，崔放觉得冯兆兴的手掌有点湿漉漉的，是汗。崔放向他出示证件，但冯兆兴并没有看。接下来的话有点出乎崔放的意料："我听说过你，崔放，是吗？"

崔放点点头："我从没想到过还有这样的荣幸。"

"太谦虚了吧。"冯兆兴一副什么都知道的样子，"最初是市委开会的时候听你们局长抱怨说省公安厅总是无缘无故往他这里塞人，也不管有没有名额，他全部都要无条件接收。然后他就说起你的情况，当然，没说细节，但我们都知道是怎么回事。"冯兆兴意味深长地看着崔放，"后来我去省里开会，遇到省公安厅一位老熟人，顺便向他打听了一下你。你猜他怎么说，让我不该问的不要问。当时我就想，这个崔放同志肯定不简单。所以我就记住了你的名字。"

崔放一边听着，一边在脑子里把他这番听上去有些不着边际的话翻译成普通人能够理解的语言：小子，不要以为有省厅的人给你撑腰你就可以为所欲为，我在省里也有人。你的情况我都知道，你是犯过错误的人，不要和我故弄玄虚。

可是，我的事情你不完全知道，崔放想，如果你都知道，你就不会这么轻松地站在我面前，真的。

冯兆兴在一张沙发上坐下，示意崔放也坐。"不过，你今天来找我的方式真是让人出乎意料，我的秘书被你吓得可不轻。"他笑着说。

那么你呢？你是不是也很紧张？你和曾仲良通过话了吗？你们串好口供了吗？崔放想。但他嘴里却说："实在抱歉，冯市长，我也是迫不得已，要不然见不到您。我先向您承认错误。"

"主要是我们的错，太官僚了。"冯兆兴大度地说，"我刚才批评小吴了。这些年轻人，机关待久了，官僚作风严重。我早就跟他们说凡事要随机应变，不要死守教条，特殊情况就要特事特办。"然后冯兆兴停顿了一下，审视着崔放，"那么你今天来，到底有什么事呢？"

我已经在字条里写得很清楚了，崔放想。你应该问我那个犯了严重罪行的人到底是谁才对。“是这样，”崔放说，“我发现了一些证据，明确指向某位司法界的高级领导……”

冯兆兴打断了他：“你向你的上级领导反映这个情况了吗？按说，这种事你不应该找我反映。应该找你的上级，或者直接找你们局长。”

你怎么不问问那件罪行是什么？崔放犹豫着说：“因为那位高级领导的职位，我不知道向我们局里的领导反映是不是合适，您是副市长，而且今天是市长接待日，我向您反映问题应该……”

“你应该相信你的领导，即便果真如你所说，某位司法界高级领导犯了错误……”

崔放在心里纠正他：不是错误，是罪行，最卑劣的罪行。

“……可这不表明就没人值得信任了。你可以向你们刑警支队长反映，可以向你们主管刑侦的钟局长反映。你们钟局长我了解，他应该不会有问题吧？一级一级上报才符合程序嘛。而且，”冯兆兴停顿了一下，“即便你报到我这里，你至少应该有充分的证据让我相信这件事确实发生过，对吗？而你提供的证据，最终还是需要公安局去调查，对吗？”

是的，证据，崔放想，终于说到正题了。“也许您说得有道理，可我还是拿不定主意。”

“证据确凿吗？”冯兆兴突然问。

“几乎可以百分之百定他的罪。”崔放说。

“哦？”冯兆兴似乎感兴趣了，在沙发上坐直了身体，“可以说具体些吗？”

你不问我罪犯是谁，罪行是什么，你只关心证据吗？崔放在心里得出了结论：有罪！

崔放决定向他透露一点东西，“我得到了一些视频资料，辨认出了上面的人。”

“视频资料?”冯兆兴皱起眉头,“我对电脑技术是外行,不过据我所知,数码的东西是可以修改甚至可以伪造的。”

你也收到过这样的视频资料吗?你认为它是伪造的吗?“是的,”崔放不得不承认,“不过,我们可以通过技术手段复原,我们有这方面的专家。”

冯兆兴的眉毛抬了抬,“有百分之百的把握吗?”

“那很难说。”崔放回答。

冯兆兴似乎是松了口气。

但崔放紧接着说:“但我们有受害人的指认。”

“受害人?”冯兆兴好像有点意外。

“是的,受害人。”崔放说。

“既然数码资料可以修改,那证人是不是也可以作伪证?”冯兆兴不以为然地说,“这些年我们见过的诬告还少吗?”

你连证据都没看到,就确定是诬告吗?是诬告了你,还是诬告了曾仲良?崔放想。他抛出了一颗炸弹:“受害人当时才十四岁。”

这回冯兆兴再也无法掩饰吃惊的表情了。他大概知道,和十四岁以下的未成年人发生性关系等同于强奸,不论受害人是否愿意。

崔放看着他的表情,心里想:你为什么那么吃惊呢?你没问过罪犯是谁,没问过罪行是什么,甚至连受害人是男是女都没问。你刚刚还在为那个你从没问过的罪行辩护,可听到受害人才十四岁,你害怕了。因为你心里很清楚那件罪行是什么,根本不需要别人告诉你。你有罪!

目的达到了,崔放再没有问题问他了。他从沙发上站起身:“对不起,冯市长,我耽误了您太多的时间。我想您说得对,我应该先找我们公安局领导反映情况,而不是直接来找您。请您原谅我的冒昧。您百忙之中抽出时间接待我,我真的万分感谢。”

从市政府小礼堂走出来,崔放脑海里只有两个字:有罪。尽管他事先已经猜到了,但当他面对冯兆兴,从冯兆兴的表情中证实这一切的时候，他依然有一种压抑不住的愤怒。他已经很久没有过这种情绪了。他想起了沈兰，那个无依无靠、浑身伤痕、无法保护自己、不敢相信任何人的沈兰。

愤怒在他的内心膨胀，他有一种破坏一切的欲望。

第十四章

原定于早上九点召开的曾南南失踪案的碰头会推迟了。程霄晋和方靖宜都被叫到了钟囿的办公室。钟囿依然穿着笔挺的警服，屋里的空调依然凉爽，但程霄晋注意到，钟囿的领口处已经被汗水洇湿了。

程霄晋汇报了失踪案调查的大体情况，三句两句就完了，因为实在没什么可说的。钟囿很不满意，态度和一天前明显不同。

钟囿快被媒体逼疯了。不仅仅是曾南南失踪案，还包括林柯的案子。不知道记者们怎么得到的消息，居然有个记者偷偷溜进了市第一人民医院的特护病房，偷拍了林柯躺在病床上昏迷不醒的照片；另一个记者更是神通广大，溜进公安局招待所找到了林柯父母住的房间对他们进行采访。林柯的父母不明就里，还以为这是公安局安排的，尽管不太情愿，但也没拒绝回答记者的问题。好在他们不了解情况，对于林柯在公安局里具体做什么工作更是一无所知。钟囿很快就得知了这个消息，赶紧给市委宣传部打电话，请媒体暂缓对这桩案件的报道。沙沟烂尾楼枪击案受害者是警察的消息，现在还不能在媒体上公布。

钟囿脸色阴沉："鲁邑是怎么回事？为什么把鲁邑调进专案组？"

程霄晋迟疑了一下，意识到钟囿指的是鲁邑和曾仲良之间的关系。"专案组里有经验的太少了。"程霄晋说。

钟囿的语气很不高兴："难道整个公安局里就鲁邑一个人有经验？"

“我不是这个意思,但其他几个大队已经忙不过来了,实在抽不出人。”

说到这儿,方靖宜觉得该提提人手的问题了,于是插话说:“钟局长,我们的人手实在太少了,而且十五个人里有十个都不知道自己应该干什么,您看是不是……”

钟囿眼睛一瞪:“你什么意思。那十个人都是你七大队的,他们不知道自己应该干什么,你就不能告诉他们?”

方靖宜咽了口唾沫,不说话了。

“老程,”钟囿的语气缓和了点,“鲁邑和曾副检察长之间的事你知道,派他去曾副检察长家里调查,是不是有点欠考虑?”

程霄晋承认,当时他确实没考虑这么多,但事情已经过了那么长时间,再说和目前的失踪案根本没关系。

钟囿继续说:“我猜,鲁邑未经允许去曾副检察长办公室调查的事,你们俩谁也不知道吧?”

方靖宜立刻摇头。程霄晋心里有点吃惊,他想他或许应该找鲁邑谈谈,问问他的想法。但在目前这种情况下,作为鲁邑的上司,他应该对鲁邑负责。“是我让他去的,”程霄晋把责任揽在自己身上,“不过我事先叮嘱他,要征得曾副检察长的同意,鲁邑可能误解了我的意思。这件事的责任在我。”

方靖宜诧异地看着他,在昨天下午的专案组碰头会上,鲁邑汇报工作的时候可没提这件事。

钟囿把身体靠在椅背上,松了松衬衫领口,“你把鲁邑留在专案组里我不反对,不过就不要再让他接触曾副检察长了。把曾副检察长惹火了,或许会适得其反。”

“我明白了。”程霄晋点点头。

“至于人手的事,我也知道你们有困难,要不,从金三顺那里调几个人过来,再从四大队调几个。”钟囿的目光征询地看着程霄晋。

程霄晋心里一凛,调四大队他没意见,但金三顺负责林柯的案子,他的力量不能减弱。他疑惑地看看钟囿,心想这一点他应该明白呀。早上碰见金三顺的时候,金三顺说有了点眉目,发现了枪击林柯的凶手的踪迹,宋佳已经带人到武登调查去了。他们那边再加把劲,或许就能有突破了。

"钟局长,我想暂时还是不要调老金那边的人吧。人手的事,我再想办法。"程霄晋说。

"你大概还需要多少人?"钟囿问。

"我想,"程霄晋沉吟片刻,"至少要三十人到四十人的规模。"

"四十个人太多了,"钟囿说,"我尽量协调,不过最多再给你十五个人。曾南南的案子你们要重视起来,昨天晚上刘局长给我打电话了,说市委领导向他询问这个案子的进展,他没法回答。你明白我的意思吧。"

程霄晋当然明白,他想这大概就是钟囿答应给他们增派人手的真正原因。

钟囿又问方靖宜:"七大队是不是有个叫崔放的?"

"有。"方靖宜点点头。

"他是怎么回事?你们进来之前,冯副市长刚刚给我打了电话,说崔放到市长接待来访的现场对他说了一堆莫名其妙的事。"钟囿的语气又严厉起来,"无组织无纪律,简直是胡闹!"

方靖宜茫然地摇摇头:"我没让他去市长那里啊。"

"你能不能管好你的手下人,"钟囿说,"难道他在专案组里没事干吗?"

"我没有把他调进专案组。"方靖宜说。

"为什么?"

"我让他看家。七大队不能一个人没有,总得有个接电话的吧。"

"看家?"钟囿终于火了,"把所有的女人都调进专案组,让唯一的一个小伙子看家,你脑子进水了?亏你想得出来!"

方靖宜低下头不说话。

“现在我们的麻烦已经够多的了，一两天的工夫，居然冒出两个无法无天的家伙！从现在开始，把崔放调进你的专案组工作。你不是说人手不够吗？放着个大小伙子不用，让他攒那么多多余的精力干什么，惹事生非？”钟囿喘了口气，“崔放现在在哪儿？”

方靖宜摇摇头。

钟囿狠狠瞪了他一眼：“看到崔放，让他马上来我办公室。”

崔放开着他那辆破桑塔纳，正行驶在从 B 市到省城的高速公路上。鲁邑从曾仲良办公室的便笺簿上扯下来的那张纸，就放在他身上。他打算去省厅行动技术总队托人帮帮忙，他们应该给自己这个面子。

目前，崔放隐隐约约看出了一点眉目。曾仲良、冯兆兴已经串到一根线上了。他们有一个共同的秘密，这秘密就是沈兰。沈兰在十年前被拐卖，然后落在曾仲良和冯兆兴手里，但这之间还缺少一个环节。是谁把他们联系起来的呢？应该是最初拐卖了沈兰的那个人，沈兰说那个人叫周伟。崔放猜测周伟是化名，因为邹东林并没有查出有关这个人的任何线索。至少在开始的几年里，沈兰一直被周伟控制着。周伟利用沈兰——或许还有其他女孩，为曾仲良和冯兆兴之流提供性服务。周伟要达到什么目的？

从沈兰的材料里，崔放大致对周伟形成了一个印象，从外表的到性格的。秃头，身材中等，右臂有蜈蚣文身，现在至少三十五岁左右，文化程度不高，粗野，残忍，冷酷无情，同时也很谨慎——强迫沈兰做了那么多年性奴隶居然没被外界发现。这种人崔放以前遇见过不少，在贩毒集团里。他们可以毫不犹豫地做掉任何人，只要他们认为这个人挡了他的路或者威胁到他们的安全。曾经，崔放也被他的同伙们认为是这样的人。崔放亲眼见过，一个小头目想要私吞一批货，被发现了。他面临着两个选择，把他私吞的那批货——五公斤中国白，也就是四号海洛因，被压成五块砖头形状的方块——吃下去，或者，由别人帮他吃下去，如果他这样做了，他的家人不会受到牵连。他选择了第一种，自己吃。不过他没吃完。在他还没断气的时候，他被剖开了腹腔，剩下的那几块中国白被塞到腹腔里，然后再用线缝上。屋子里全是血，地上，房顶上，四周的墙上，尸体旁边是被拽出来的内脏，要不然那几块中国白根本塞不进去。死者的嘴里还没咽下去的海洛因，早已被染得血红。观看这个场面的包括崔放在内有四五个人，都是贩毒集团的成员。每个人脸上、身上都被溅上了血，没人敢擦，没人敢露出恶心的神情——尽管出门之后所有人都狂呕不止。贩毒集团的老大——崔放当时不知道他的名字，人人都叫他五哥，五哥这么做的目的就是警告所有人，他不在乎那批货——五公斤中国白在广州的批发价大约是五十万——他要让所有人知道，没有人能瞒着他做任何事。崔放亲自处理了尸体，破获那个贩毒集团后，也是崔放帮助警方找到了那具尸体——缅甸警方。那时崔放在缅甸。

崔放把飘远了的思绪拉回来，回到周伟身上。周伟的层次不高，他不太可能直接认识曾仲良或者冯兆兴。十年前，曾仲良是检察院侦查监督处副处长，冯兆兴是国土局局长，这是鲁邑告诉他的。他们俩当时的身份，不可能直接认识周伟这样的人。那么，周伟为这两个人提供性服务，也不太可能是为了自己的目的。或许，周伟是在替别人做事。这个人才应该是连接沈兰与曾仲良、冯兆兴之间的那一环。

崔放顺着沈兰的经历继续往下推测。后来沈兰被卖给了一家夜总会，大约是在被拐卖五年之后。为什么会被卖掉？可能是因为沈兰失去了利用价值，也可能是周伟背后的那个人想要利用沈兰达到的目的已经达到了。夜总会的老板是郑裕的侄子，郑裕则是 B 市最有实力的房地产开发商。突然间崔放似乎明白了点什么。

郑裕——邹东林提到过，只是因为郑裕已经死了，崔放当时就没有太在意。郑裕是搞房地产的，而冯兆兴是国土局局长，这之间的联系太明显了。怎么我以前就没想到？如果郑裕是那个环节，这一切就容易解释了。郑裕做房地产生意，有许多理由拉拢冯兆兴，但曾仲良呢？或许他需要曾仲良替他解决某些麻烦？崔放想到了鲁邑对一个强奸犯“刑讯逼供”的事，那个强奸犯不就是郑裕吗？曾仲良是检察院的，而最终的结果是检察院以证据不足的理由把案子打回来。是的，那件事发生在两年前，而不是十年前。但在这期间，曾仲良只为郑裕解决过这一件麻烦吗？

在鲁邑家里看到的那段视频很可能是郑裕拍的。所以那些人才会乖乖地替郑裕办事。可郑裕已经死了，一年多以前死于心脏病突发。想要了解郑裕和曾仲良、冯兆兴之间的关系，没法问郑裕，曾、冯也不会轻易说出来。他掏出手机，想给鲁邑打个电话，却发现手机上有两个未接来电，都是方靖宜的号码。刚才他过于专注了，竟然连电话响都没听见。他不打算给方靖宜回电话。如果方靖宜让他回市局，他该怎么办？到省城走高速路需要差不多三小时，一来一回，一个白天就搭进去了，干脆装作不知道吧。

他拨了鲁邑的号码。鲁邑说，专案组正在开碰头会，而且他刚刚得到一个消息，方靖宜宣布的，崔放也被调进了曾南南失踪案的专案组，他应该马上来专案组报到。

“你还不如不告诉我。”崔放说他正在去省城的路上，他要找熟人给那张便笺纸做个鉴定。然后告诉鲁邑自己关于郑、曾、冯三个人之间关系的推测，让鲁邑抽空查查郑裕十年前的情况，还有他和曾仲良以及冯兆兴的关系。

还有一个疑点崔放犹豫着没说。沈兰从夜总会逃出来向城西分局报案，钟囿没让邹东林继续查。这可以理解为某些有权力的人给钟囿施加了压力。但郑裕死后，邹东林曾经想继续查这个案子，却依然受到钟囿的阻挠，这是为什么？郑裕死了，即使他还掌握着一些人的把柄也毫无意义了，那些人应该放心了。再说，表面上看，沈兰和郑裕之间根本没有必然联系。到底是谁不想让邹东林继续调查沈兰呢？两周前，沈兰找到了鲁邑，结果这个案子被四大队长邢涛接了过去,还是压着不办。当然,这还是钟囿的意思。但钟囿执行的又是谁的命令?是谁那么害怕对沈兰的案件进行调查呢?他们到底怕什么?

也许只有找到周伟才能搞清楚,比起曾仲良和冯兆兴,他更可能说出这一切。崔放想。而目前能提供周伟的情况的,只有沈兰。他相信沈兰还有许多事情没说出来。

第十五章

曾南南失踪案专案会议直到九点四十分才召开。程霄晋先宣布了一个好消息，钟局长终于同意加派人手。下面传来一阵窃窃私语。但程霄晋补充说，这些人手恐怕明天才能正式报到，今天还得靠目前这十四个人——那个昨天一直没出现的女民警董莉终于打来了电话，方靖宜派她去七大队看家了，而崔放一直下落不明，今天根本就没来市局上班，打电话也不接。方靖宜肚子里窝着火：他去找冯市长干什么？

专案会议很快就结束了，基本上延续昨天的分工，大家该干什么还干什么。但鲁邑和李咏被留了下来。鲁邑知道情况有点不妙了，他看看李咏。李咏冲他吐了吐舌头。

方靖宜脸色铁青。幸亏鲁邑是四大队的，不归方靖宜直接管辖，否则方靖宜早就冲他暴跳如雷了。方靖宜只能恶狠狠盯着李咏："昨天你们去曾副检察长办公室干什么去了？谁允许你们去的？"

李咏面无表情，目光空洞地盯着会议室前方的白板，嘴里跟背书似的说："昨天上午专案会议认为曾仲良的女儿曾南南失踪有可能是曾仲良工作中得罪了人遭到报复的结果所以我们需要了解曾仲良最近一段时间以来经手的案件希望能发现一些线索但是曾仲良不配合我们的工作……"

"所以你们就自作主张去他办公室？"方靖宜质问，"为什么不汇报不请示？下午开碰头会的时候你们也不说？"

话虽然是对李咏说的，但鲁邑已经明白了这是针对自己的，"不关小李的事,主意是我拿的,责任在我。"

方靖宜没搭理他,继续对李咏说:"你们两个不要再插手对曾仲良的调查了。这件事我来接手。"刚说完他又觉得有点不合适,因为事先他没和程霄晋商量,毕竟他只是专案组副组长。他征询地看了程霄晋一眼。

程霄晋犹豫片刻,点点头:"暂时先这样吧……"

李咏无所谓地耸耸肩,从那个带有 LV 字样的挎包里拿出一沓 A4 纸,"这是我们昨天从曾仲良秘书那里搞到的,都是他这几年经手的案件。如果领导觉得我们得到这些材料的手段不合适,那我可以把它们都销毁。反正我还没来得及看。"说着,她走到碎纸机前,打开电源,碎纸机发出嗡嗡的声响,李咏一点也不迟疑,开始一张一张把文件往碎纸机里送。

方靖宜没想到李咏会来这么一手,愣了片刻,赶紧制止:"等等。"

李咏并不停手,眼看着前三页文件转眼间变成了碎纸屑,第四页文件也被塞了进去。

方靖宜冲上前去关掉碎纸机的电源,冲李咏怒吼:"你干什么!"第四页文件卡在了碎纸机中间。

李咏平静地看着方靖宜,一点也不胆怯:"销毁通过非法手段取得的线索,以免让整个专案组蒙羞。我以为方队长会支持我这么做。怎么,难道方队长认为这非法得来的东西真的有什么用处吗?"

方靖宜一时语塞。

程霄晋适时地出来打圆场。他走到李咏面前,从她手里接过那沓文件,"把它交给我好吗?"

李咏松开手,任由他从自己手中把那沓文件拿走。

"我并不支持你们用这种方式取得线索,至少请示汇报是应该的。我们是警察,听指挥守纪律是最基本的。"程霄晋很有分寸地说,"但既然事已至此,况且也没有引起什么严重后果,我看这件事就到此为止吧。"

“那我是不是可以回七大队了?”李咏看着方靖宜,“像我这样无组织无纪律的人,还是回去替董莉接电话吧,我让董莉过来。”

方靖宜忍不住又要发作。

程霄晋制止了他:“既然你已经着手调查了,我看还是留在专案组吧,如果换个新人来,还要重新熟悉情况,浪费时间也没效率。但你们确实不能继续调查曾仲良了。这不是我的意思,也不是方队长的意思。这一点还请你们理解。”最后一句是冲着鲁邑说的。

鲁邑知道程霄晋算是给足了面子,马上冲李咏使眼色要她见好就收。

李咏倒也乖巧,马上问:“不调查曾仲良,那我们干什么呢?”

程霄晋想了想,“昨天老鲁提出个想法我觉得不错,就是复原曾南南失踪现场,看看有什么我们没有分析到的情况。今天天气不错,下午应该没什么问题。你和老鲁着手这件事吧。不行的话,可以先到现场看看,尽快拟出个方案。中午我们通个电话,看看这件事怎么安排。你们觉得怎么样?”

鲁邑点点头:“那我们先去了。”他示意李咏,两个人就要出门。

程霄晋把鲁邑喊住,“咱们借一步说话。”他把鲁邑拉到会议室的角落里,放低声音,“老鲁,我虽然是支队长,但平时的事情那么多,有时候照顾不到方方面面,对部下的关心确实是少了点,这一点是我的错。我只是想作为老同事、老朋友——如果你把我当朋友的话——提醒你,千万别把个人感情掺杂到工作里。不让你调查曾仲良也是好事,省得有些多事的人说三道四。我相信你知道该怎么做……我这么说,你能明白吗?”

“我明白,程支队,我知道你是为我好。”

“你理解就好。”程霄晋拍拍他的肩膀。回头看看,李咏已经站在了门口,无聊地盯着天花板。方靖宜站在白板旁边,眼睛四处乱看,就是不看李咏。他叹口气,“那就抓紧时间工作去吧。”

鲁邑带着李咏走了。看着他们的背影,方靖宜冲程霄晋苦笑:

“程支队，你看见了吧，我平时领导的就是这么一批人，哪个都惹不起。有时候我觉得，在七大队待久了会疯掉。”

程霄晋把那沓材料递给他，“其实我觉得他俩还不错。这个时候，专案组人心涣散，需要鼓舞士气而不是相反。也许他们的工作方法不对头，可以批评，但不能否定他们的热情。和专案组里的其他人相比，老鲁和李咏算是对案子很积极的，这一点你我都不能否认。谁会冒着挨骂的风险做这种出格的事，对他们有什么好处？”

从专案会议室出来，鲁邑对李咏说了句谢谢。

“谢什么？”李咏明知故问。

“谢谢你没把我兜出来。”

李咏笑了：“你放心，不到万不得已的时候我不会出卖你。”

鲁邑皱皱眉：“这么说，我还是有被出卖的可能？”

“除非你告诉我，你在曾仲良的办公室里究竟搞到些什么。”

鲁邑摇摇头，“还是那句话，不告诉你是为了你好。不过我真的发自肺腑地感激你。”

李咏不再追问：“那现在干什么，我们去现场看看？”

“是你去现场看看。”鲁邑纠正她。

“那你干吗去？”李咏急了，“过河拆桥，打算把我甩了？”

“我就是想去找找曾仲良家的保姆，说不定今天她还没上班，有几个问题还没来得及找她问，”鲁邑无奈地摊开双手，“可程支队安排的事也要做，正好咱们是两个人，你看……”

李咏叹口气：“你就是这么发自肺腑地感激我的？”

鲁邑说：“为了表示我的诚意，车归你用。”

李咏眼睛一亮：“真的？”那可是一辆四驱的奥迪 A4，3.0 的排量。

鲁邑把钥匙扔给了她。

李咏接过钥匙，“好吧，鉴于你的诚意，我勉强同意了。不过，你要记住，你欠我一个人情。”

看着李咏转身要走，鲁邑又叫住她："如果刚才没人拦着你，你怎么办，把那些材料都送进碎纸机变成垃圾？"

"当然。"李咏说。

"万一，"鲁邑说，"我是说万一有什么重要线索就在那些材料里呢？"

李咏冲鲁邑诡秘地眨眨眼，"昨天下班前我复印了一份，就放在我家里，你以为我是傻瓜吗？"

看着李咏兴高采烈地上了自己的奥迪 A4，鲁邑轻轻摇摇头，走出公安局大门，招手拦了一辆出租车，告诉司机去春秀路。这个地址是曾仲良提供的，他家的保姆韩瑞红就住在这一带一个亲戚家里。昨天听曾仲良说，他放了保姆的假，当时没细问放了多久，也许只有一天？如果保姆今天已经回曾家上班可就不容易见了。

春秀路气南小区六号楼是一幢十六层的塔楼，在鲁邑印象里，这里的产权似乎是属于市天然气总公司。鲁邑坐电梯上了顶层，按响了 1606 号的门铃。

开门的是个二十岁上下的女孩，鲁邑想当然地以为她就是韩瑞红，于是出示证件："我是市公安局刑警支队的。曾副检察长家出的事你知道吧？昨天我们去曾家调查的时候没见到你，有几个问题想向你了解一下……"

女孩呆呆地看着鲁邑，又看看他一直举在自己面前的证件，似乎鲁邑的话她一句也没听进去，一脸惊疑不定的神色。鲁邑觉得有点蹊跷，再细看女孩的脸，心里突然一动："你是……"

"你找错人了……"女孩惊慌地说着就要关门。鲁邑的脚已经卡在门缝里，用膝盖顶住了门。女孩没他力气大，无奈之下打开了门。

"韩梅。"鲁邑认出了这个女孩，才两年，没想到变化这么大，当时她还是个干瘦的小丫头，现在却出落成一个大姑娘了。韩梅，当年被郑裕强奸的女孩，鲁邑为她的案子差点丢了饭碗。

"鲁……鲁警官。"韩梅畏缩地说，不由得往后退了几步。

鲁邑顺势进了屋子，随手关上房门。“韩瑞红是你什么人？”鲁邑向她身后张望了一下，这是个一室一厅的套间，卧室的门半开着，不能确定里面是不是还有别人。

“是我妹妹。”韩梅说，“亲妹妹……”声音低得几乎听不见。

“她在吗？”

“去上班了。”韩梅说，为了证明似的，她推开里屋的房门，里面的确没人，“她给人家当保姆。”然后她又不放心地追问一句，“我妹妹，她……她怎么了？”

鲁邑没回答她的问题，和韩梅一样，他依然没有从突然相遇的震惊中恢复过来。那件强奸案被检察院打回来之后，鲁邑不死心，可韩梅突然不见了，怎么找也找不到。没想到两年之后，他们竟在这种情况下相遇。

“跟我说说是怎么回事。”鲁邑说，“那年你跑哪儿去了？”

韩梅的眼泪突然掉下来了，“鲁警官……我知道我对不起你，可是，我也没办法。郑裕……郑裕派人告诉我，只要我不再告他，他会给我一笔钱，给我找地方住，还要给我妹妹找工作……”

“你就答应了？”早该料到是这样，鲁邑想。

“我……我老家两个弟弟要上学，爸妈欠了一身的债，我妹妹来这里投靠我，可找不到工作。好多当初和我一起到B市来的姐妹都到夜总会当了小姐，我不想看到自己的妹妹也走到这一步……郑裕还对我说，如果我继续告他，他就派人去我老家，把我的事告诉我爸妈……那样我就没法做人了……”韩梅扑通一声跪在鲁邑面前，“鲁警官，对不起，你当时那么帮我，我……”韩梅泣不成声。

鲁邑把她扶起来，让她坐在一把椅子上。“别哭了，”他叹了口气，“我也不怪你。这么长时间了，好多事情都变了。再说，郑裕已经死了，也算是报应吧。”突然他想到一个问题，“你妹妹现在的工作是郑裕介绍的？”

韩梅点点头，一边抹着眼泪一边问：“红红她怎么了，她不会有什么……”

“你知不知道你妹妹在曾仲良——就是那个检察长家当保姆?”

“知道。红红跟我说过。”

“那么,那个曾检察长是不是知道韩瑞红是你妹妹?”

“我不清楚……”韩梅诧异地看着鲁邑,不明白这其中有什么联系,“我根本不认识他啊,他怎么会知道红红和我是姐妹,就是知道又怎么了? 您……您今天是来找红红的?”

鲁邑暗骂自己糊涂,韩梅根本不知道曾仲良在她的案子中起的作用。“前天下午,曾副检察长——就是你妹妹工作的那家,他们家女儿失踪了,所以……”

韩梅猛地从椅子上站起来:“您不是怀疑……鲁警官,红红不会干这种伤天害理的事,您要相信我……”说着她的眼泪又掉下来了。

“我没有怀疑她,你别担心。”鲁邑安慰她,按住她的肩膀让她坐下。

韩梅听话地坐下了,但是看上去对鲁邑的话并不怎么放心,“红红很乖的,真的,您没见过她,您要是见过就知道我说得没错……”

“我昨天到曾副检察长家里调查孩子失踪的事,就是按惯例询问几个问题,这种问题每个当事人都要问的,没别的意思。但我没见到你妹妹,曾检察长说放了她一天假,所以……”

韩梅一脸疑惑,“放假? 可我妹妹这几天一直都没回来呀?”似乎她突然想明白了什么,神色立刻又紧张起来,“她不会有什么危险吧?”

“说不定她是去朋友家玩了吧。”鲁邑心里一凛,但脸上不动声色,“比如男朋友什么的。”鲁邑注意到,说到男朋友三个字的时候,韩梅的脸色微微一变。“她有男朋友吗?”

韩梅不情愿地点点头,“算是有吧。”语气里有点不以为然,刚才担心的神色已经全然不见了。看上去,如果有谁告诉她她妹妹瞒着她住在男朋友那里,她不会感到太吃惊。

“你不太喜欢她这个男朋友?”

韩梅皱着眉头:“岁数太大了,红红才十九岁,可那个男的,我估计有三十多了吧,而且看上去……不像正经人。”

“你见过他吗?”

“有一次我休班,”她停顿一下,有点尴尬地解释说,“我在安化大厦站前台,这也是郑裕介绍的工作。”她担心地看了看鲁邑,鲁邑向她点点头表示理解,她接着说,“回到家里发现红红带了个男人回来,她大概不知道我休班,否则她不敢带他回来的。”

听她的口气,姐妹俩在这个问题上有分歧。鲁邑问:“这是多久以前的事?”

“大概半个月前吧。”韩梅说,“我们……后来我们为这事吵了一架,我就是担心红红太单纯,被人骗了。大概话说得重了点,后来红红说曾检察长家的女儿放暑假,她要照顾她,就一直没回来住……”

“她的男朋友叫什么?”

“当时红红介绍说叫单功,我也不知道这两个字怎么写。”

“刚才你说他不像正经人,他长什么样,能说说吗?”

“具体什么样我也说不上来,就见了一面,不过他挺好认的,剃着个光头,右臂上文了一条蜈蚣,看上去特恶心,哪有好人文这种东西的!”

鲁邑心里一阵激动:“你说蜈蚣?”

第十六章

1998 年,武登县公安局还没实现计算机管理,那个年代的案件资料至今仍然没输入电脑系统,还堆在档案室里。宋佳带着两个专案组民警在落满尘土的档案架上翻了两个多钟头,武登县刑警大队的几个民警也一起帮着找,大家被呛得灰头土脸,终于翻出了 1998 年那起绑架案的案卷。

案件发生在 5 月 11 日,被绑架的小女孩叫关凌,那一年十四岁。绑匪始终没抓到。小女孩是在放学回家的路上被绑架的,没有目击证人。绑匪打电话要二十万赎金。关凌的父亲关守善在当地开着个服装加工厂,专门接国外订单,这些钱还拿得出来。但公安局担心出意外——害怕既没抓到绑匪,又没救回人质,还丢了钱——只同意把最上面那一层铺上真钞,底下的都是报纸。于是关守善拎着一箱子假钱上了 12 日晚上五点二十分开往 B 市的火车——绑匪提出要在那趟列车上交易。对方拿到钱,就会告诉关守善他的女儿在哪里。关守善别无选择。

几个便衣民警也跟着上了火车,沿途各站都接到通知,密切注意一切可疑人员,甚至在装假钱的手提箱里放了无线定位装置——在那个年代,对于一个县公安局来说,已经是很高的技术手段了。武登到 B 市有两个小时车程,车行一半的时候,关守善接到绑匪的电话,要他打开窗户,把装钱的提箱扔下去。绑匪说他数到十,如果看不到钱箱从火车上扔下来,就立刻崩了他女儿,并且保证能让他听到枪响。然后他就开始数数,根本不听关守善的解释。关守善懊悔不迭,听了警方的话用假钱,结果现在进退两难,扔也不是,不扔也不是。绑匪数到八的时候,关守善无奈,打开车窗把箱子扔了下去,心想至少可以拖延一会儿时间,走一步算一步了。

刚把钱箱扔出去,火车就钻进了隧道,车内一片黑暗,手机信号全无——绑匪事先早就算计好了。等火车从隧道里钻出来,车内的民警得知刚刚发生的事,全都傻了眼。当天夜间,民警以及武警搜索隧道附近的那一片地区,发现了钱箱。钱箱被打开了,废报纸飘得遍地都是,里面的无线定位装置还闪着红灯,在箱子里面还放着一个发卡——那是绑匪故意留在里面的。经过关守善辨认,就是他女儿关凌失踪那天戴的发卡。

关守善再没接到过绑匪的电话。案件拖了一个多月,公安局什么线索也没发现。武登县就巴掌大的一点儿地方,已经被翻了好几遍。所有稍微有点嫌疑的人,统统被公安局查了个底儿掉。单功也在公安局的嫌疑人名单上,他与这个案件的唯一联系是,绑架案发生前后,他离开了武登县,再没露过面。当时武登公安局把全县所有有犯罪前科的人员统统捋了一遍,比单功嫌疑大的人多的是。单功与关守善平时素不相识,没有丝毫瓜葛,尽管在时间上有嫌疑,但找不到人,公安局也没办法。三个月之后,公安局基本放弃了对这个案件的调查。大家都觉得关凌生还的希望不大——那一箱假钱恐怕把绑匪惹火了。

看过案卷,宋佳问当地民警,关凌的父母现在怎么样。其中一个老民警参与了当年案件的调查,他叹口气说:“要说这事还真惨。孩子失踪之后,关守善再也没心思打理他的生意,他没按合同要求交货,工厂受了很大损失,不久就关门了。关守善逢人就说,我当时要是给真钱就好了,要是给真钱就好了。孩子妈受了刺激,精神失常,当年冬天有人在河沟里看见她的尸体——半夜出门找孩子,一脚踏空——唉,关守善的境况也一天比一天差,工厂没了,要债的天天上门,能卖的都卖了。就那么一年时间,从一个身家百万的小老板变成了要饭的，后来不知道流落到哪里去了。这就算是家破人亡吧……”

武登公安局给宋佳提供了单功的犯罪记录，还好，这些记录倒是输入电脑了，查找起来没遇到什么麻烦。和陈安国提供的情况差不多，单功现年三十五岁，不过他的犯罪记录从十五六岁就开始了。让宋佳吃惊的是，这些罪行虽然都在意料之中，但五花八门，什么都有：小偷小摸、诈骗、敲诈勒索、贩卖黄色音像制品、街头斗殴、非法携带违禁药品、猥亵妇女、容留妇女卖淫等不一而足，进过少管所，后来因为参与了拐卖妇女儿童的黑社会团伙犯罪，在通河监狱蹲了两年。1997 年出狱，出狱之后的记录就没什么了，唯一的一次涉嫌犯罪是陈安国说的那次，不过他一口咬定就是替人开车，根本不知道车上装的是什么东西，公安局没证据，就把他放了。此后的记录几乎一片空白。到 1998 年，单功就不知去向了。

“单功的家人呢？”宋佳问。

老民警告诉他：“他的父母大概死于 1995 年前后，差不多是他入狱的时间，估计是被他气死的。有个姐姐，在他出狱不久嫁到北京去了，听说她男人是现役军官，在消防部门工作。1998 年那起绑架案之后，我们找不到单功，就找他在北京的姐姐了解情况。他姐姐说，自从父母去世后，她就和这个弟弟断了关系，单功从没和她联系过。”

宋佳有点失望，尽管发现了单功这条线索，但如今他和老家一点联系也没有，没人知道他的去向。尽管宋佳清楚地知道单功就在 B 市，至少是林柯出事以前就在 B 市，但也没什么帮助。在 B 市这样的地方找一个人不容易，况且单功作案之后，很可能藏起来了，甚至潜逃到外地避风头。

临走前，宋佳去了趟武登公安局刑警大队长的办公室，向齐队长表示感谢。齐队长问：“找到你们需要的东西了吗？”

宋佳摇摇头：“不太理想，不过还是非常感谢你的帮忙，至少手里的材料充实了点，否则我们连单功是从哪里来的都不知道。”

齐队长有点抱歉地说：“真不好意思，本来应该陪你们一起找，可手头正赶上有个案子要办，没帮上什么忙。如果下次有什么需要，尽管找我，我将功补过。”

“您要这么说，”宋佳笑道，“我们下次可不敢来了。”

齐队长看看表，午饭时间早就过了，但他还是招呼食堂让他们准备点吃的，留宋佳吃了再走。宋佳谢绝了：“齐队长，可不是我不识抬举，现在我真是一分钟也不敢耽误。”

“理解理解，”齐队长坚持送他们下楼，边走边说，“都是警察嘛。你们也别太着急，这边我帮你们盯着，要是单功回来，肯定不会再让他跑了。找人这事就是这样，看上去挺明显的就是怎么也找不到，可过不些日子，他又莫名其妙冒出来了。我以前就碰见过这样的事。你们回 B 市之后也再找找，有些人就喜欢灯下黑，尤其是喜欢藏在他以前犯过事的地方，以为这种地方警察不会来查第二遍。他是在城西犯的事吧？说不定还在那儿呢。”

宋佳本来已经上车了，听他这么一说，又从车上下来了：“齐队长，我刚才跟你说过单功是在城西犯的事吗？”

齐队长一愣：“你们不就是为这事来的吗？”

这一问倒把宋佳问糊涂了：“您说的什么事？”

这个时间吃午饭已经有点晚了，崔放还是把姚楚乔约到了一个安静的小餐厅里。姚楚乔请崔放到家里坐坐，崔放考虑了一下还是谢绝了。他知道姚楚乔已经结婚了，他也不了解她老公是什么人——大周末的，一个陌生男人上门找自己的老婆——尽管崔放问心无愧，但他还是担心会让人家觉得别扭。

小餐厅开在一个僻静的小胡同里，离姚楚乔家所在的小区不远。餐厅的招牌上就一个字：粥。小店还是八年前的老样子，招牌上的那个原本是紫色的“粥”字早已淡得看不出本来的颜色，好几处油漆都剥落了。店里的格局也没变，七八张简易餐桌，小圆凳倒扣在上面，简陋，但很干净。甚至那个胖墩墩笑眯眯慈眉善目的老板娘都没怎么变样，不过当年她总是背在身上的宝贝儿子如今已经满地跑了。老板娘显然已经记不得崔放了，但却和姚楚乔打了个招呼：“来啦！”看来姚楚乔还是经常光顾这里。

餐厅里只有他们这一桌客人。崔放要了碗皮蛋瘦肉粥，一屉褡裢火烧，问姚楚乔要吃点什么。她说她吃过了。大概是老顾客的原因，老板娘给她端来一杯冰水，又白送了崔放一小碟自制的白萝卜条。姚楚乔也没怎么变样，只是比当年显得更稳重了一些，大概是结了婚的缘故吧。两个人都找不到什么话说，崔放只好闷头吃东西。褡裢火烧挺脆，一边吃一边掉渣子，崔放小心地不让渣子掉在自己衣服上，用一只手接着。

姚楚乔轻轻笑了一下，“当年你也爱吃这里的火烧。”

崔放用纸巾擦擦嘴，“这儿的火烧还跟以前一个味儿。”

“你的变化可不小。”姚楚乔说。

“什么变化？”崔放问。

“我们的变化都不小。”姚楚乔答非所问。她翻出钱包，从里面抽出一张照片，“看看我儿子吧，两岁了。”

崔放把手擦干净，接过照片仔细端详，“很可爱，不过不是特别像你，像他爸爸？”

“一个模子里刻出来的一样。”姚楚乔笑着说。

“他爸爸干什么工作的？”

“刑警总队的。”

“那你们夫妻俩可够忙的。”

“是啊，他回来的时候我不在，我回来的时候他不在，孩子全靠他爷爷奶奶照顾。”

“你还在行动技术总队，没换个地方？”

“你来之前已经问过了，我知道你不会是为了看看我才来的。”姚楚乔盯着他，“从这方面讲，你一点没变，本来是个简单的答案，可你非要用最复杂的计算方式。”

“抱歉，”崔放把照片还给她，淡淡地说，“习惯了。”

“我听说了你的一些事，”姚楚乔谨慎地说，“不多，听说你……那几年……不太好，现在在B市还好吗？”

“还可以，他们对我挺照顾的。”

“当时我很想去北京看看你，可是许总……老许说，即使我去了，恐怕也见不到你。”

“他说的是真的。”

“你来这里他知道吗？”

崔放摇摇头，“我想我没必要惊动他，他也挺忙的。”

“其实，他当时为你的事跑上跑下，费了不少劲儿……”

“我很感激他，真的。”崔放不想继续这个话题了，从身上掏出一个牛皮纸信封，里面装着鲁邑从曾仲良办公室里搞到的那张便笺纸，“想请你帮个忙。”他把信封递给她，“我想给它做个静电检测。”

姚楚乔没打开信封看里面的东西。“这么做不合规矩。”她说，“没有任何审批手续，没有登记，没有……”

“所以我才来麻烦你。”

她脸上露出一丝担忧的神色：“你没调到什么麻烦，是吧？”

“没有，不是为了我自己。我就是想知道上面写了些什么东西。不需要笔迹鉴定，不需要指纹鉴定或者DNA鉴定，只要上面的内容。你放心，我不会把它作为证据，不会用它指控任何人。”

“我不是担心这个，你知道。”她的脸色有点尴尬，把信封装到自己的挎包里。

“谢谢，”崔放说，“我不知道做这种检测需要多长时间，不过我希望尽快知道上面的内容，今天是周六，你是不是正在放假……”

“你又来了。”姚楚乔笑了，“又开始拐弯抹角。如果你想让别人明白你的意思，直接说出来最不容易产生误解。”

崔放也笑了：“我都快不知道怎么直接表达一件事了。”

“我争取明天能给你个结果——我会为老朋友加个班。”

“为老朋友。”崔放站起身,谈话该结束了。

“是的,为老朋友。”姚楚乔也站起来。

结账出了餐厅,崔放指着自己停在门口的破桑塔纳,问姚楚乔要不要搭车回家。

姚楚乔说:“不必了,我家离这里很近,几分钟就到。我看一眼孩子,换身衣服就去单位。”她又补充,“其实你真应该去我家看看,至少看看我儿子。”

“下次吧,”崔放说,“等过年的时候我给他带个大红包。”

崔放看着姚楚乔转身向小巷外面走去,走了两步,姚楚乔转过身:“过了这么多年还能见到你,真好。”

“我也是。”崔放冲她摆摆手。

一刻钟后,他开着破桑塔纳驶上了回B市的高速公路。他拿出手机看了看,这段时间,手机上攒了一大串未接电话。大部分是方靖宜的,他不知道方靖宜会不会被气疯了。还有两个电话是鲁邑的。接着他发现还有一条未读信息,是方靖宜的。他打开那条信息:“不是我找你,是钟局长要见你。无论如何给我回个信儿。”

他把那条信息删了,并不打算给方靖宜回电话。他知道钟圄为什么要找他,也知道这躲不过去——如果领导想见你的话。等到回B市再说吧,至少还要开三个小时车。

他给鲁邑拨了个电话。鲁邑说:“赶快回来吧,发现了点意想不到的东西,我想先让你知道。”

第十七章

两年前，也就是2006年的冬天，武登县公安局刑警大队的齐队长接到B市公安局城西分局发来的一份协查通报，请他们帮忙查一下武登县有没有单功这个人。通报上说单功涉嫌贩毒，有知道他底细的人说此人来自武登。城西分局请他们核实。他就把单功的犯罪记录和照片传真过去一份，后来这事就再没了消息。齐队长以为宋佳还是为当年的事情来的。宋佳问他还记不记得当时具体是谁和他联系的。齐队长想不起来了，不过他说那人应该是城西分局刑警大队的。

回到B市，宋佳直接去了城西分局，找到刑警大队长李清河，问他记不记得两年前单功犯了什么案子。李清河支支吾吾，说这事他不太清楚，让他去问问三中队，因为三中队分管禁毒，如果宋佳说的那个人是因为贩毒进来的，三中队应该知道。

宋佳疑疑惑惑地来到三中队，进屋的时候，三中队的中队长陈继桐刚放下电话。他的态度和李清河一样，装模作样想半天，然后说忘了。宋佳说："武登那边说协查通报是你们发的，你们自己怎么反倒想不起来了？"说着宋佳突然间明白了，问，"刚才是你们大队长给你打的电话吧？"

陈继桐神色尴尬，吞吞吐吐："不是……主要是时间太久了，脑子不好使，一时想不起来。"

宋佳说："我也没让你想啊，这种事没记录吗？"

陈继桐说确实没记录。

“不对吧，你们协查通报都发了，难道连个案卷都没有？连个能把为什么发协查的事说清楚的人都没有？”

陈继桐还是一个劲儿摇头。

宋佳的脸拉了下来，“陈队长，你们平时就是这么工作的？还是有什么事你不方便对我说？我们现在在查沙沟的枪击案，我们怀疑这个人和枪击案有关。如果你觉得不方便对我说，那我把金支队叫来，你对他说，怎么样？”

陈继桐哭丧着脸说：“宋队长，您就别难为我了，头儿怎么说我就得怎么干。其实，这事陈大队比我清楚……”

宋佳铁青着脸出去了，狠狠地摔上办公室的门，返回头再找李清河。李清河正在锁办公室的门，看样子正准备开溜。宋佳心想这李清河的脑子是不是有问题，事情已经到这一步了，他就是再躲能躲到什么时候，纯粹就是耽误时间啊。

宋佳拦住了他，“李队长，你去哪儿？”

李清河知道躲不开了，叹了口气，把刚刚锁上的办公室门又打开了，把宋佳让了进去。自己回到办公桌后的转椅上坐了下来，端起桌上的茶杯灌了一气儿水。

宋佳坐在他对面：“说说吧，李队长，到底是怎么回事。”

“我就知道这事早晚会出麻烦。”他一脸懊丧，告诉宋佳，两年前他们在湖滨路附近的酒吧里抓了几个毒贩子，缴获几十克海洛因。“您别笑，”他对宋佳说，“你们市局的见过大世面，几百克几千克都不当回事，当然看不上这点东西。我们这小地方，对付的都是街头毒贩。这些人层次虽然低，可奸得很。他们知道身上带多少够坐牢，带多少够判死罪。早先他们卖的是一克一小包的那种，每次身上最多带个一两包。后来不知道谁那么缺德，从吸毒变成了注射，一克海洛因被分解成一百小瓶，每瓶十毫克，正好是一次注射的量。这样一来，毒贩子的风险更低了，就是当场抓住他们，在他们身上搜出七八个瓶子，哪怕是十七八个、二十七八个瓶子他们也无所谓，连半克都不到。这帮人拿坐牢当休假,反正不几天又出来了……我是不是扯远了?咱还接着说,就是那次,一口气缴了几十克海洛因,我们刑警队都拿这事当大案办。被我们抓获的毒贩里有个叫周伟的,是化名,他也不交代自己的真实姓名。后来,他的一个同伙想立功,说这个周伟以前说过自己是武登县人,原名叫单功。我们就给武登发了通报,让他们提供点线索。"说到这儿,李清河又开始喝水,喝完就沉默了。

"后来呢?"宋佳问。

"后来我们局长让我把他放了。"李清河说。

"放了?"宋佳有点难以置信,"为什么?"

"局长说,这个周伟……也就是单功,和省厅经办的一个贩毒大案有关,省厅禁毒总队正在经营这条线索,另外有人盯着他,要我们不要管了。"

"慢着,"宋佳心里一动,"两年前你们局长是钟……"

李清河点点头,"钟囿,现在你们市局的副局长。"

宋佳脑子里一片混乱,一时没弄清这其中的关系,"然后你们就放人了?"

"是啊,当时我也挺矛盾,但局长发了话我也不敢不听。这不,是祸躲不过。"

"那么有关那个案子的案卷资料……"

"都被钟局长拿走了,一张纸也没剩下。"

"那钟局长说的省厅那个案子,后来有什么结果没有?"

"我没问过,"李清河摊开手,"换了你是我,你敢问?"

"我敢。"宋佳说。

李清河抬头看了他一眼,脸上有些愧色。"小宋,能不能麻烦你件事……"他吞吞吐吐地说。

宋佳站起身,他知道李清河想说什么。他突然觉得面前这个男人有点可怜,"我不会和钟局长说是你告诉我的。你放心吧。"

从李清河的办公室里出来,宋佳终于想通了一件事。单功是个线人。警察手头有个把线人是很正常的，要不信息从哪儿来？这和自己用鲁四当线人没什么两样。线人犯了事，只要不严重，一般都会被捞出来。可这回，这个线人犯了大事，他开枪打伤了公安局的卧底。

宋佳突然想起昨天晚上郭昆对自己说的那些话，当时他表面上无所谓，内心里却有点不高兴，觉得郭昆这种在机关坐惯了的女孩子只知道纸上谈兵，根本不知道世道的险恶，有些事情是不得已而为之。但如今他自己也有点怀疑了。

"你为了抓一伙罪犯，却放过另一伙罪犯，任他们危害社会。这样做有意义吗？"

有意义吗？宋佳不知道。

下午四点半，崔放来到设在城西分局的专案组会议室。会议室里没几个人。邱红云正在手提电脑上录入什么东西，看见崔放，和他打了个招呼。

崔放问："人呢？"

"都到曾副检察长家那边去了，模拟犯罪现场。"邱红云又低声补充，"方队长在找你，好像很生气，说打了你一天的手机你都没接。你干吗去了？"

"没干吗。"崔放装傻，掏出手机看了看，"我怎么一个电话也没接到？"

邱红云冲他摇摇头，很怜悯的样子："这个谎话编得不怎么样。"她向崔放示意会议室前面的白板，"看看你被分到哪个组去了。然后，你最好给方队长打个电话——先想好了该怎么说。"

崔放看了看白板，所有专案组成员的联系方式都在上面，每个人的分工也很清楚，他被分到鲁邑那个模拟犯罪现场的调查组里。他考虑着，是给方靖宜打电话呢，还是直接去见钟囿？他决定还不如先去鲁邑那里看看，其他人等等再说吧。

“对了，”身后响起邱红云的声音，“鲁邑让我把这个交给你。”她从座位下面拿出一个文件袋，封口被胶带封住了。“他说这是你要的东西。”她把那个文件袋递给崔放，目光中带着怀疑。

“谢谢。”崔放接过口袋。

从省城回来的路上，鲁邑在电话里告诉他，曾仲良的女儿很可能是周伟绑架的。周伟还有一个名字叫单功，他在电脑系统里检索了一下，没找到这个名字，说明单功在B市没有犯罪记录。而且他还给崔放找了一份郑裕的详细资料——“这一点也不难，”鲁邑轻轻笑着，“你听说过吧，有人说我教训过他。不过当初只是作为强奸案处理，我没有意识到其中许多信息的重要性，现在返回头来看，我估计你会感兴趣。”

崔放问鲁邑：“这个故事我也听说过，你到底有没有打过他？”

“无可奉告。”

崔放本打算去找鲁邑，为的就是这些东西，没想到鲁邑给他准备好了，这样一来，去找鲁邑就没什么意义了。他问邱红云：“今天的专案碰头会还开不开了？”

“恐怕开不了了，”邱红云说，“你没听说吗，下午六点开新闻发布会。”

崔放耸耸肩，他对这种事不感兴趣。于是崔放找了个角落，开始看那些资料。

看样子，郑裕的大部分材料都是从两年前那起强奸案的卷宗里摘录出来的，甚至是那起强奸案的材料也附在里面。崔放对鲁邑“刑讯逼供”的事挺感兴趣，于是先看了看那起强奸案的材料。

郑裕是房地产商人，在B市拥有好几套别墅和公寓。他自己住在所谓的巴黎左岸的豪华公寓里，而他的妻子则住在市郊的一套别墅里。两个人并不住在一起。看样子，他妻子对他平时的嗜好并不苟同，但他们也没离婚。郑裕还有个儿子，在美国。

案发的时候，郑裕五十三岁，案发地点就在他住的那套公寓里。

受害者是他家里的保姆韩梅。据韩梅说，平时郑裕对她还算规矩，偶尔有点粗鲁的举止，不过从不动真格的——大概是出于兔子不吃窝边草的心理吧。再加上巴黎左岸一带住的都是有钱人，工资给得相对比较高，韩梅担心离开这里就再也不会有这么好的收入了，所以尽管她很讨厌这样的雇主，但也只好忍了。不过，这样的境况就像坐在火山顶上，谁也不知道什么时候会出事。

案发当天晚上，郑裕喝得醉醺醺的，直接闯进了韩梅的卧室。韩梅吓傻了，基本没反抗。最后问题也就出在这里，事后郑裕一直坚持说韩梅是自愿的。郑裕大概确实是喝多了，完事之后迷迷糊糊地睡过去了。韩梅慌慌张张跑到派出所报案，郑裕被抓起来的时候还迷糊着。法医鉴定发生了性关系没错，但关键是韩梅身上没什么明显的伤痕，这也变成了郑裕说韩梅是自愿的依据。

韩梅当时还不满十八岁，看上去身体挺单薄，陈述案情的时候几次晕倒，而且她还说，在农村老家有未婚夫，这几乎立刻引起了办案民警的同情，因此对郑裕就不太客气。郑裕酒劲儿没过，暴跳如雷，当时说了几句很不谨慎的话，等于承认了强奸的事实，这些话都被记录在案。后来郑裕的律师借此做文章，说警察诱供。

案子被转到市局刑警支队四大队，由鲁邑接手。现在看来，后来的事情像是事先计划好的。一天晚上，郑裕在讯问时说有点头晕恶心，提出是不是能回去休息。鉴于他的年纪，还有点高血压，鲁邑也就同意了，并且亲自送他去医务室给他做检查。去医务室的路上，郑裕突然晕倒，从台阶上滚了下去。鲁邑赶紧背着他去了医务室，好在没什么大事，只是点皮外伤。在医务室里，郑裕表现得挺感激的样子，说你们继续审吧，我全招。而且真的说到做到。鲁邑知道这有点不合规定，但还是找人来作了记录。第二天，郑裕在监室里心脏病突发，被送进医院抢救。神志刚刚清醒就翻了供，说昨天晚上去医务室的路上鲁邑对他拳打脚踢，他是屈打成招。尽管去医务室的时候还有一个民警陪同，但鉴于他是鲁邑的同事，又共同审理这个案子，他的证言就被打了问号。

检察院的曾仲良亲自主持对鲁邑的调查,拖拖拉拉进行了两个月,才勉强给了个刑讯逼供证据不足的结论。在这期间,韩梅突然间撤诉,接着就再也找不到人了。最后检察院把郑裕一案的诉讼材料打回来,说是重新审理,实际上也就等于不了了之。

那起强奸案的材料到此就结束了。接下来崔放又找到了郑裕的个人资料。

郑裕是B市人,生于20世纪50年代,家境很一般,那时候大多数家庭都差不多,说不上好,也说不上很差。上中学的时候赶上文化大革命,郑裕就没怎么读书。到“文革”结束的时候,他已经成了当地著名的小混混,是公安机关重点关照的那种人。不过他运气好,1983年“严打”之前,他突然在B市消失了,要不然他也会成为“严打”对象,说不定就能给“从重从快”了。等他再次回到B市的时候,风头已过,而且他的身份似乎也不同了。谁也不知道他在外面的那几年都干了些什么,反正回来的时候有钱了,还开了个酒吧。那时候私人开的酒吧在B市还不多见。曾经有人举报这家酒吧开设地下赌场,警方查了几次,却查无实据。不论赌场的事情是真是假,郑裕通过这家酒吧拉上了不少关系却是事实,最重要的一个人就是副市长的公子——当时是市建委主任。

读到这里,崔放看到一行标注,指出当时的建委副主任是冯兆兴。他想,这应该是鲁邑特意标出来的。

不久之后,郑裕拉起了一支建筑队,挂靠在市建筑工程总公司下面,开始承接一些中小规模的政府工程。这就等于是捧上了金饭碗,稳赚不赔。他的酒吧也连续开了两家分号,不过警方已不能像以前一样轻易去他的酒吧查赌了。

1995年是郑裕倒霉的一年。副市长的公子出了事,供出郑裕的酒吧里开设地下赌场,而且容留妇女卖淫。后台倒了,他的酒吧被查封,建筑公司也散了伙。他本人在通河监狱里蹲了两年。从监狱出来，人们以为他也就这样了，再也抖不起来了。看上去情况也确实如此，郑裕消停了一年，可突然间又再次飞黄腾达。1998 年以后他开始做房地产生意，而且越做越顺，要地有地，要贷款有贷款。人们早已忘记了他当年的那些不光彩的经历，他成为名噪一时的房地产大亨。直到 2006 年的那起强奸案被捅出来，才有媒体把郑裕年轻时候的那些破事当新闻炒了一阵子。不过直到 2007 年他病发身亡，除了那起强奸案，他一直没遇到什么麻烦。

冯兆兴和郑裕的关系，崔放已经隐隐约约看出了一丝端倪。他在巴结那位倒台的副市长公子的时候他们就应该认识。但材料里没反映出他和曾仲良在 1998 年前后是什么关系。根据从曾仲良办公室找到的那张光盘，郑裕和他在 1998 年前后应该也认识。崔放在最后一页上又看到了鲁邑的标注，指出曾仲良在 1995 年的时候在市检察院工作，经办过副市长公子的案子，不过那时候曾仲良还年轻，在检察院里算不上重要人物。这至少说明他应该是知道郑裕的，但看不出他和郑裕有什么瓜葛。

接下来的材料是郑裕死后的一份财产清单，天知道鲁邑是通过什么途径搞到手的。郑裕的所有财产都由他的妻子继承，他的妻子卖掉了郑裕公司里的股份，从此，那个房地产公司就不姓郑了。郑裕的大部分房产也被她妻子卖了，但还剩下一些。其中市区里的两处，郑裕的妻子住一处，另一处留给她儿子回国时居住。还有几处别墅都在郊区，看了那几处别墅的地址，崔放明白了，那些地方应该是 20 世纪 90 年代那场房地产热潮过后的遗物。那时候地价飙升，几乎一天一个价，许多看上去很没前景的地皮都被形容得天花乱坠以高价卖了出去。后来国家银根紧缩，房地产市场崩盘，那些地皮一夜之间变得分文不值。这几处房产就是这样的情况。大概是郑裕的妻子卖不掉，索性扔在那里不管了。鲁邑在材料后面的标注是，如果沈兰没说谎，那她当初被囚禁的地方很可能就是这些现在废弃了的别墅。

材料最后是冯兆兴和曾仲良的简历，都很简单。值得注意的是冯兆兴在1998年当上了国土局局长，而曾仲良的父亲那时候是B市城市商业银行行长，或许这就是郑裕拉拢他的原因。搞房地产有两样不能缺，一个是地皮，一个是贷款。郑裕这两样都有了。

现在最关键的问题是，郑裕与周伟——或者单功是什么关系，他们是怎么认识的。1998年的时候郑裕四十四岁上下，而单功不过二十五岁，他们之间的年龄差了将近二十岁。崔放把材料放到一边，他想，得尽快查出单功到底是什么来路，否则这几个人之间的关系就仅仅是猜测。

第十八章

现场模拟小组包括崔放在内一共五个人，除了鲁邑和李咏，还有两个本来就负责在这一带走访的专案组民警。从检察院家属区到学校这短短的五十米，他们已经来来回回走了好几遍。距离实在太短了，学校与家属院都在马路的同一侧，连马路都不用过，难怪小孩儿上下学不需要接送。沿路是方砖铺的便道，路边是家属院的围墙。据曾南南的同学说，他们是在学校门口分手的，眼看着曾南南向自己家的方向走。这段路步行，一个成年人用不了一分钟，曾南南的速度再慢，两分钟也足够了。

天气太热了，四点钟的阳光不像中午那么强烈，但地面上的蒸气快要把人蒸发了。鲁邑和李咏找了个荫凉地儿坐了下来，面对着那条五十米的便道，讨论着所有可能性。

家属区的门口有门卫，院子里住的都是同事，没人不知道曾南南是副检察长的女儿。下午四点的时候，家属院里活动的都是大爷大妈们，如果有谁带着曾南南走出家属院的大门，没人会注意不到。可周四下午四点前后，不论是门卫还是在院子里活动的老人们，都没人看到曾南南进来。而在以往，他们是经常能看到她独自回家的，还经常和她说上几句话，南南也很懂事，张嘴闭嘴爷爷奶奶都叫得很甜。这就是说，只要她走进家属院，基本就不会有被绑架的危险。问题就出在那五十米的路上，但谁也想不出问题在哪里。周四下午四点的时候，沿路来来往往的人应该不少，下班的、买菜的，不会有人强行把孩子领走，太危险了。

韩瑞红参与绑架的嫌疑很大。她今天应该去曾家上班的,但她没出现。鲁邑拨打她的手机——这是她姐姐韩梅提供的号码,应该没错——手机关机。她失踪了。

可她是怎么把曾南南带走的?她带走孩子怎么会没人看见?家属院里没人看到孩子和保姆在一起,门卫肯定地说,绝对没看见保姆把孩子带出家属院,因为孩子根本就没进来。不过,确实没人注意到韩瑞红那天下午的行踪。曾家的保姆毕竟不如曾家的女儿那样容易引起人们的注意。如果她和南南在一起,人们会意识到她是曾家的保姆;如果她独自一人,她不过是个保姆罢了,谁会关心呢?

最大的可能是,韩瑞红在那短短的五十米路上等着曾南南,然后把她交给周伟。她不可能领着曾南南走很远,她们在一起的时间越长,就越容易被注意到,毕竟,这里离学校或者家属院都太近了。周伟——或者单功很可能就等在附近,应该是在一辆车里——就他那副尊容,秃头、文身,很容易给别人留下印象。什么车呢?因为是暑假,学校门前车马稀,把车停住那里或许会引起注意。如果有陌生的车辆开进家属院,门卫会登记。但那天下午门卫的登记簿上什么也没有。家属院附近一带没有停车位,偶尔会有一两辆出租车停在门口趴活儿。但门卫没注意到单功那种相貌的人。

尽管确定了韩瑞红和单功的嫌疑,但鲁邑和李咏还是一筹莫展。韩瑞红失踪,而单功从头到尾一直就没露过面。即便知道他们的相貌特征,在偌大的B市找两个人依然很盲目。不是说一定找不到,关键是时间,鲁邑担心的是,他们的时间不多了。如果单功真的是沈兰说的那种人——这几乎无可怀疑,如果绑架达不到他的目的,他不会在乎一个小孩的性命。

鲁邑和李咏盯着马路上来来往往的车,盯着家属院门口进进出出的车。轿车,越野车,公共汽车——但附近并没有公共汽车站,摩托车,载重车,面包车,客货两用车,还有不时进出家属院大门的搬家公司的厢式货车。

李咏问："听说检察院的家属区要搬到城北开发区？"

鲁邑点点头，没说话。

"最近一直在搬家？"李咏似是自言自语地又接连问，"一直在陆陆续续搬家？"

鲁邑看了看她："什么意思，当然是陆陆续续，难道上百户人家会商量好一起搬？"

"我的意思是，每天这门口都有搬家公司的车。他们会找同一家搬家公司吗？"

"不一定吧……"鲁邑觉得自己明白李咏的意思了。

"那么，假定我是单功，我从什么地方搞一辆厢式货车，和搬家公司的那种差不多，在上面随便刷上个搬家公司的名字，在家属院门口晃悠一会儿，找个地方接上韩瑞红。等四点下课的时候，我就慢慢悠悠往学校门口开。然后我看见曾南南蹦蹦跳跳地走过来，我就把车开过去。这时候，韩瑞红探出头，"李咏故意用一种嗲声嗲气的腔调模仿韩瑞红的话，"'南南，想去看看咱们的新家吗，妈妈在那边等咱们呢——来，上车，阿姨带你去——'南南肯定知道最近要搬家的事，根本不会起疑心。只要十五秒，孩子就到手了……"她看着鲁邑，得意洋洋，"怎么样，把奥迪 A4 借给我开，不冤吧？"

新闻发布会定于下午六点在城北区市局新办公大楼的多功能会议室召开，公安局已经顶不住媒体的压力了。这个时间安排得实在是不怎么样，但由于两个案子的吸引力，记者们表现出了少有的大度。

程霄晋是迫不得已才来参加的。为了这个新闻发布会，本来应该在城西分局专案组会议室里召开的碰头会被迫推迟到第二天早上。鲁邑和李咏的发现让程霄晋看到了一丝希望。他本打算让方靖宜代替他参加，方靖宜也表现出了这样的兴趣，但钟囿坚持让他来。

金三顺和宋佳也来了。趁着记者们还没到齐，他们把程霄晋拉到会议室外面一个无人的角落里。

宋佳的分析让金三顺和程霄晋目瞪口呆。要是果真如宋佳所说,这件事可就麻烦了。单功是线人,但李清河没有说明这个线人由谁控制,他也不可能知道。他们从没听说过省厅最近经办过什么特别重大的案子,钟囿或许了解点内情,但从没透过什么口风。如今这个线人打伤了林柯,而且看样子,他原本是打算把林柯打死的,只不过是失手了而已。这说明线人并不清楚林柯的身份。但林柯的情况省厅是掌握的,出了这样的事,说明在警方高层出现了重大失误,至少是信息没及时沟通或者信息误递。另外还有一种可能,单功是一个失控的线人,警方已经无法控制他的行动。程霄晋认为后一种可能性更大一些,就算是这样,这依然是一个难以解决的麻烦,一旦传出去,整个公安机关都会成为笑柄。

金三顺问宋佳:"有没有可能是咱们神经太紧张了,没准实际上不像咱们想的这么复杂?"

"我何尝不是希望如此?"宋佳说,"可是你想想,比方说你手里的哪个线人出了点小麻烦,比如吸毒,比如偷了点东西,被派出所抓了,证据确凿,而你正好又需要他为你工作,你会怎么给他开脱?你会对派出所的人说,这个人是市局一个大案里的重要线索,现在抓他会影响大局……我们平时不都是这么干的?你知道鲁四吗?"金三顺点点头,宋佳继续说,"最近他一直在帮我打听沙沟枪击案的线索。他女朋友替他藏K粉,不多,给派出所抓了,我刚刚把她弄出来,说的就是这个理由……所以城西分局的老李一说,我立刻就明白了是怎么回事。"

其实金三顺心里已经没有任何疑问了,但他还是说:"最好找个途径和省厅那边确认一下,这样才万无一失。你在省厅那边有靠得住的关系吗?"看见宋佳摇头,金三顺叹口气,"我也没有。"

"怎么办?"宋佳看看程霄晋,"要不然您问问钟局长?"

"你忘了,我已经不能再管这个案子了。"程霄晋苦笑,"不过钟局长那边,你们肯定要汇报。知道这件事的人的范围就不能再扩大了。”

新闻发布会拖拖拉拉开了一个多小时。按照钟囿事先定的调子,发言人宣布7月19日晚上发生在沙沟一带的枪击案是贩毒团伙之间的火并,两个死者身份尚未查清,估计是贩毒集团成员,另外一个伤者目前依然昏迷不醒。这种说法让程霄晋心里挺不是滋味,这不是把小林也划到毒贩圈子里了?尽管他知道这样说也是迫不得已,可小林的父母看到媒体的报道会怎么想?

有记者提问:“曾经有一对老夫妻去医院看望受伤的人,他们是伤者的父母吗?”

发言人说:“警方从来没有听到过这样的说法,在医院里看护伤者的民警也从没见过你们说的那对老夫妻。”

记者不甘心地问:“有人看到这对老夫妻住在公安局的招待所里,是真的吗?”

“我再重申一遍,”发言人说,“关于这对老夫妻的说法完全没有根据。”

程霄晋的心里愤怒至极,恨不得冲上去给那个记者一顿老拳。这等于公开了林柯的卧底身份。老杜不是傻瓜,一旦他看到这样的报道,肯定会想到林柯是警方的人,他会认为这次失手是警方造成的。林柯现在成了植物人躺在医院里,可他的父母会成为毒贩子报复的对象。这种情况不知道是从什么时候开始的,公安局但凡有大一点的行动,无论事先怎么强调纪律,媒体还是很快就知道了消息。人人心里都清楚,这是因为公安局内部有人向他们透露了案情,就为了那点所谓的信息费。但这种事根本没法查,记者不会说出向他们泄露案情的人是谁。现在公安局破案简直就是跟媒体赛跑,一定要跑在媒体前面,否则准玩儿完。

新闻发布会已经进入了下一个议程,曾南南失踪案。关于这个案件,媒体记者们没有过多令人尴尬的问题,不过这是因为警方的调查一直没有什么进展，他们打听不到，也没人能给他们提供什么情况。程霄晋还有一层担心，鲁邑刚刚对他说了自己的分析，建议查找那辆厢式货车，明天的专案会议上，他要向专案组成员们布置这个任务，也不知这个情况能保密多久……

第十九章

“一整天你都跑到哪儿去了?”看到崔放悠闲自在地坐在会议室里,方靖宜顿时火冒三丈,紧走两步来到崔放面前,“怎么不回电话?”方靖宜的嗓门有点高,会议室里其他人都向他们这里张望。

“我根本不知道你在找我,”崔放很无辜地说,“我一整天没有接到任何电话。”他拿出手机,装模作样地调出通话记录一条一条检查。崔放根本编不出更好的理由,况且他的心思也不在这上面,他一直在琢磨着单功的事情。

方靖宜压住火气,“这套鬼话你去跟钟局长说吧,我想你还没去找钟局长吧?”如果崔放承认还没去找钟局长,就说明他看到了自己的短信,他的谎话会不攻自破。方靖宜等着看到崔放的谎话被戳穿之后尴尬的脸色。

“钟局长找我?”崔放故作惊讶,“没人通知我。钟局长找我干吗?”他根本不上方靖宜的套儿。他心想,就你还跟我要这套小儿科的把戏?我不会说错话,连续八年的时间,只要我说错一句话就会送命,你知道吗?

方靖宜审视着崔放的表情,“你自己做的事情自己清楚,早上你找冯副市长干什么去了?”

“今天是星期六,而且直到半小时之前我还不知道自己是这个专案组的成员,我去干什么用不着向你汇报。”

方靖宜盯着他看了一会儿,崔放是今天第二个顶撞他的部下,第一个是李咏。“钟局长在市局开新闻发布会,估计快结束了。他让我转告你,会后去市公安局他的办公室找他。我现在正式通知你。听清楚了?”丢下这句话,他怒气冲冲地走了。

实在躲不过去了,崔放把手头的资料整理好,开着那辆破桑塔纳去了市局。去十五楼之前,他先回到自己的办公室,把那些资料,连同给沈兰做的笔录都放在一起。然后他坐电梯去了十五层。

自从来到B市公安局,崔放还从没来过钟圁的办公室。办公室的门虚掩着,他敲敲门,听见钟圁的声音,“请进。”

推开门之后,崔放发现办公室里不止钟圁一个人,金三顺和宋佳站在钟圁办公桌的对面。崔放想自己来得大概不是时候,于是说:“钟局长,我一会儿再来吧。”

“不必了,稍等一下,我们这里马上就好。”钟圁说,然后他转向金三顺和宋佳,“我也没料到这件事会变成这个样子,我会向省厅汇报,至于人,你们还是继续找,别受这事的影响。不论是哪种可能,人我们必须找到。”

宋佳和金三顺转身走了,办公室里就剩下钟圁和崔放。钟圁冲崔放招招手,示意他坐下。崔放坐在钟圁办公桌斜对面的沙发上,等着钟圁质问自己,从方靖宜的态度分析,崔放估计在局长办公室里会遭到一顿痛骂,没想到钟圁居然对自己这么客气。

钟圁面前摊着一个文件夹。他把文件夹合上,对崔放说:“自从你来到B市公安局,我们还没面对面谈过话吧?”

崔放不知道这个问题需不需要回答。

“其实我早就看过你的档案,”钟圁说着,扬了扬面前那份文件,“我觉得,我们有许多共同之处。”

崔放知道他指的是什么,他在暗示他以前也当过卧底,他在试图拉近和崔放的距离,想让崔放知道他和崔放是一路人。但他们不是,如果他有崔放那样的经历,他决不会乐于炫耀。崔放盯着他手里的那份文件,“那是我的档案?”

“是,而且是全部。”钟圁强调了全部两个字。

崔放想，那不可能是我的全部档案，钟匍也不可能有自己的全部档案。他的档案在省厅的某个地方封存，在电脑系统里根本查不到崔放的名字。钟匍这个级别的官儿，根本没权力调阅。而且，钟匍要是真的看了自己的全部档案，现在肯定不会这么轻松。

“我知道你的经历，”钟匍冲他笑笑，近乎一种讨好的表情，“而且我可以理解你的感受，有些事情，我也面对过，和你一样。”

崔放不知道他具体指的是什么事，但他肯定钟匍的意思不是说他和自己一样也吸过毒。一瞬间他突然冒出一个想法，钟匍是不是也曾经遇到过和自己一样的困境呢？在犯罪集团里麻木不仁，对许多残酷行为视而不见。毫无疑问的是，钟匍对自己的那段卧底生涯是挺自豪的。他是想获得自己的认同吗？他有点揣摩不透钟匍的意图，“听说您找了我一整天，我想您叫我来不是为了讨论我的档案的。”

“是的，”钟匍收起笑容，不过语气还是很缓和，“能和我说说你今天都去干什么了吗？”

终于来了。崔放想。“我到省城去看一个朋友。”

钟匍再次宽容地笑了，“我想知道在你去省城之前，你到冯副市长那里干什么去了。他给我打了电话，说你找他谈了一些事情，关于一个高级领导犯下的罪行。但他说你没过多解释就走了，他对此有点儿担心。你能向我解释一下吗？”

鲁邑说过，沈兰的案子是让四大队压下来的，钟匍不会不知道，崔放不打算在这一点上撒谎，“昨天上午有个叫沈兰的来报案，她说她十年前被冯副市长给……”崔放斟酌着措辞，“糟蹋了，我想我总要核实一下……”

“所以你今天一早就去找冯副市长核实？”钟匍脸上一副不可思议的表情，“你不觉得这样有点太轻率了吗？”

崔放马上承认错误，在这一点上和领导争论没意义，“后来我也觉得这么冒冒失失找市长有点草率，所以我见到市长之后问得比较委婉。”

“你对冯市长说的话，他都向我转述了。他说他被问得莫名其妙，要我解释。可我对此一无所知，搞得我很被动。这么大的事，为什么事先不汇报不请示？”

“沈兰说她先是找的四大队，四大队又让她来找我们……”

“是邢涛让她找你的？”钟圎打断他的话，“这个邢涛在搞什么名堂，报案又不是儿戏，没问清楚就往别处推……”他拿起电话，拨了个号码，“邢涛吗……”钟圎对着电话就是一顿数落。

这个场面让崔放有点儿看不懂。崔放今天确实是打算来挨骂的，可钟圎尽管对他找冯兆兴很不满意，却没把火气撒在他身上。如果钟圎暴跳如雷，崔放还觉得自然一点。他是在我面前表演，可是为什么呢？

放下电话，钟圎一副余怒未消的样子，靠在椅背上，抬手松了松领口。崔放总觉得他的领口有点勒得太紧了。

“既然是这样，这件事你就别管了，根子在四大队，还是让他们去解决。”钟圎说。

这样的结果崔放早就猜到了，他一点也不感到意外。他想今天的谈话该结束了，准备站起来走人。

“不过我想，”钟圎接着说，“你今天去了冯副市长那里也未尝不是一件好事，这件事即便交给四大队办，他们也会感到很棘手，涉及市领导嘛，我敢肯定他们没有你这样的魄力直接找冯副市长。既然你已经去过冯副市长那里，那你能不能说说，你觉得沈兰说的可信吗？”

崔放想这大概才是钟圎今天找自己的目的，他想知道自己到底了解多少情况。崔放模棱两可地回答：“我觉得冯副市长的反应很自然。”

钟圎盯着崔放的脸，似乎在揣摩崔放的表情，看他这话是不是发自内心。崔放面不改色，坦然与钟圎对视。永远别让人知道你的想法。这是教官告诉他的。他能在毒贩中间周旋八年，如果这么随随便便就被别人看穿，早就没命了。

“那么，你认为沈兰说的是谎话了？”钟囿问，依然盯着他的眼睛。

“我现在已经没机会知道沈兰说得是真是假了，”崔放语气平淡，“我找不到沈兰了，她给我留的联系地址是假的。”

钟囿看上去有点意外，“又失踪了？”

这短短几个字里反映出两层意思。钟囿说“又”，意味着他知道沈兰失踪不是第一次了，这是下意识的口误。然后他说“失踪”，现在用这个词很不谨慎，说沈兰“不见了”才更恰当一点，但他说“失踪”。这是钟囿内心的想法，他无意间露出来了。对崔放来说，沈兰的“不见”和曾南南的“失踪”应该完全是两个不同的概念，但钟囿好像并未加以区分。在四个字里既犯了口误，同时不经意间暴露了自己的想法，这不是一个卧底犯得起的错误。崔放不知道他这个卧底是怎么当的，或者多年来安全的生活已经让他懈怠了？

“我不知道怎么找到她。”崔放说。

“既然这样，这件事就先放一放吧。如果沈兰再来找你，马上向我报告，然后我安排四大队的人去查，这也是他们应该做的。程支队那边人手不够，你被调到了曾南南失踪案的调查组，你应该知道了吧？”

崔放点点头。

“我会让程支队给你安排任务。”

崔放不知道钟囿是不是故意这么说的，但他已经明白了钟囿把自己调进曾南南失踪案专案组的意图——他要找点正当的理由把崔放绊住，他希望崔放离沈兰越远越好。

20 世纪六七十年代的时候，B 市的大多数工业都集中在城南，纺织厂、机床厂、化工厂、汽车制造厂等鳞次栉比，虽然不是刻意安排的，但这个布局倒是挺合理。B 市在中国北方，常年都是西北风向，把工厂安排在下风口不容易污染城市的空气。在中国北方大多数工业城市浓烟滚滚的时候,B市有一片难得晴朗的天空。那时候,这些工厂就是这个城市的心脏——尽管现在这些工厂大多不景气。据说很久以前B市就有句老话:北富南穷,东贵西贱。南城辉煌过一阵,如今算是又回归了。

崔放住的地方就是老化工厂宿舍,有些破旧,但毕竟是两室一厅的房子,一个人住不算小了;有些偏僻,上班远了一点,好歹崔放有辆破桑塔纳。就个人生活而言,崔放是个很容易满足的人。而且他知道,在B市公安局,多数同龄民警的住房条件远不如他,他也应该满足。不过这房子不是B市公安局对他的照顾。

天已经黑了。崔放把车开出南三环路,再往南十分钟就到家了。这段路一直车少人稀,所以他很容易注意到后面有辆车跟着他。他估计这辆车已经跟了他好长时间了,由于天黑视线不好,他只判断出那是一辆黑色的别克一类的轿车,看不清牌照。他原以为是钟囿派人盯着自己,因为他说他不知道沈兰的下落,钟囿或许并不相信,想知道他下了班之后究竟在干什么。但那辆车似乎并没有躲闪的意图,这样跟踪一个警察有点太不谨慎了。

崔放没有试图试探后面的车,比如突然加速,或者在什么地方突然停车,或者围着某个街区连续四个右转——没有任何正常人开车的时候会这样做,这是最简单的辨别是否被跟踪的方法。像往常一样,他保持正常的车速,开过居民区前面那条坑坑洼洼的土路。他住的那栋五层砖楼一面临街,但楼门口开在另一侧,要想回家,他必须先经过临街的那一侧,兜一个大圈子,小心地穿过一片低矮破旧、杂乱无章的违章建筑。任何人如果打算跟踪他的话,这段路是个考验:第一,很容易被注意到;第二,对于不熟悉这片地区的人而言,要做好修车的心理准备。

过了这片私搭乱建,空间就宽敞多了。崔放停好车,然后多少有点儿意外地发现那辆黑色别克竟然也安全通过了。别克缓缓靠近,看到它接近自己的方式,崔放知道,开车的肯定是警察,只有警察才会这样接近一辆车。他钻出桑塔纳,锁上车门,但没上楼,他就站在那儿,等着。

别克熄火了,有那么一会儿,一点动静都没有。崔放知道里面的人在盯着自己。接着,车门缓缓开了。车里下来一个身材瘦长的男人,五十多岁,微微有点驼背,无论走路还是站立的姿势,看上去就像总是在前面的路上寻找什么,恰似一个细长的问号。这个问号就是老许的标志,崔放当卧底的时候,他是崔放的直接联系人。

有些事情终究是逃避不了的,崔放想。他缓缓走到老许面前,但什么也没说。

"朱宁?"老许说,眼中有一丝笑意,"最近还好吧?"

崔放不记得有多久没听到"朱宁"这个名字了,这两个字现在听上去是那么陌生。"我觉得你还是叫我崔放我比较习惯些。"他说。

"好吧,"老许说,"不打算请我上去坐坐?"

崔放一言不发,在前面带路。楼道里黑咕隆咚,灯基本上都坏了,没人修理。楼梯间十分狭窄,犄角旮旯里到处是坛坛罐罐以及装修剩余物资,上楼的时候要十分小心,说不准就会碰到什么吓你一跳的东西。如果发生火灾,崔放经常这么想,住在三楼以上的人有一半逃不出来。

一边摸索着上楼,老许一边说:"抱歉用这种方式找你,我早就知道你的地址,就是担心B市变化太大了,找不到路。"

崔放在三楼停住,掏出钥匙打开家门,"是楚乔跟你说了什么吧!"他打开灯。还是那种老式的吊在屋顶的六十瓦灯泡。

"她有点担心你。"老许没有正面回答,跟着他进了屋,四下打量着,"这地方你应该好好收拾收拾了。"

崔放的家是老式的格局,所谓客厅,实际上就是个过道,厨房厕所在过道的一侧,两边一头一间十平米左右的房间,其中一间稍大一些。这两个房间就像是两个仓库,除了几件简单的家具和电器,一张长沙发——同时也是床，一张二屉桌——既当餐桌又当书桌，一两把折叠椅，还有个老式衣柜，其他的东西就是大大小小的纸箱子，就好像他刚刚搬来似的。有的纸箱子打开了，里面露出些书籍杂志的封面，大多数还用胶带封着。就连他的手提电脑——这屋里看上去唯一值几个钱的东西，也是放在一个大纸箱上，旁边还有个小纸箱，崔放用它当椅子。

参观完两间屋子，老许就在那张长沙发上坐下来。崔放打开冰箱想给他找点什么喝的，没找到。老许说："别忙了，我一会儿就走。"然后他从身上抽出一个信封，"楚乔让我转交给你，她说你可能遇到什么麻烦了。"

"没什么事，真的。"崔放接过信封，但没有打开看，"你来找我就是为了帮楚乔带这份东西？"

"我觉得我应该来看看你，那么久没见了，有点想你。"老许说，"同时，也是想来帮你。那纸条上的东西我看了，"说到这儿，他似乎有些歉意，"没看太明白，但抬头是 B 市检察院的，我就打听了一下，你是为了曾仲良女儿失踪的案子？"

"我只是有点疑问，随便查查，你不用担心。"崔放说。他依旧没打开那个信封，尽管他很想知道里面写了些什么。

"这种检测在 B 市就可以做，"老许说，"没必要去省厅，除非你不想让别人知道。"

"可还是让你知道了。"崔放冷冷地说。

"我只是想帮你。不是迫不得已，你绝不找人帮忙，你一直就是这样。"老许说，"为什么你总是喜欢一个人面对所有的问题？"

沉默半晌，崔放终于开口了："你忘了，这都是你教给我的。"

老许愣了一会儿，像是被人狠狠打了一棍子，然后他的神色突然变得有点凄凉，他叹了口气："你说得没错。曾经我以为你是我最得意的学生，你是我塑造出来的，我一直为你骄傲。直到……"他停了一下，"我才知道我错了。如果不是我，你的生活可能是完全不同的样子,我根本没有改变你生活的权力……"

"不是你,"崔放打断他,"是我自己选择的。"

"可能吧,不过你也可以有其他选择,"老许站了起来,"那不应该是你的唯一选择。是我让你把我的希望当成你的希望,把我的梦想当成你的梦想……现在说这些都没用了,不过我想告诉你,我真心想帮助你。可你从不告诉我你需要什么。现在,给我个机会,就算是对一个老头儿的一点安慰吧。"

他凝视着崔放,说话的声音显得很苍老。

第二十章

我再也无法忍……折磨……一个错误……的代价,……煎熬……你怎么可以忍受,但我……生活在地狱里。我不能再……神经……本以为……遥遥无期……说出一切……唯一的解脱。……南南……我不配做她的父亲……她会忘掉我……我……决定了……不会把你牵扯进来……独自面对……

老许走后,崔放打开那个信封,里面有两张纸。一张是崔放拿给姚楚乔做静电检测的那张便笺纸,还有一张是检测之后的结果,和样本一样大小。从口气上看,这是曾仲良写的,笔迹潦草。尽管有些字无法检测出来,但崔放还是大致明白了它的意思。似乎是一份忏悔书,崔放隐隐猜到了这是因为什么事。但又不像是为自己写的,它一定是写给某个人的,从“不会把你牵扯进来”这句话分析,那个人应该知道曾仲良的秘密,或许还是他的同谋?崔放不敢完全确定。他拨了鲁邑的号码。

鲁邑还没睡。崔放告诉他他要查的东西有结果了,接着把那段文字读给鲁邑。鲁邑思索了一会儿说:“感觉上,曾仲良的神经已经快崩溃了。”

崔放分析,“曾南南是前天下午四点以后失踪的,曾仲良应该是下班之后才知道的,第二天他没去检察院。那么,这张字条会不会是在曾南南失踪前写的?”

“那就是说,曾仲良在女儿失踪前,神经已经到了崩溃的边缘,为什么?”

“我们假设,曾仲良所谓的无法忍受的折磨是因为沈兰的事……”

“沈兰在敲诈他?”

“不会是沈兰,否则她为什么到公安局,先找你,又找我?”崔放说,“我记得我告诉过你那个为沈兰租房的人。”

“现在看来,那个人有点像单功。沈兰说她最初就是被单功绑架的,他们现在居然在一起,真是有点不可思议。难道是单功强迫沈兰敲诈?”

崔放没回答。

鲁邑突然说:“有件事差点忘了告诉你。本来想给你打电话,又担心时间太晚了,你要是不提起单功,我还真就忘了。知道吗,宋佳今天上午去武登县了。”

“宋佳?”崔放记得宋佳是调查沙沟枪击案专案组的,“和我们有什么关系?”

“这是我偶然发现的。单功和周伟应该是一个人,是吧?我们以前查周伟这个名字什么结果也没有。从韩梅那里知道单功这个人之后,我在B市查单功这个名字,也什么都没找到。所以我扩大到全省范围,单功这个名字不常见,要比周伟这样的名字容易找得多。然后我发现武登县有个叫单功的,年龄比较吻合。武登公安局有我一个老熟人,我就托他帮我查查。他说巧了,B市公安局刑警支队的宋佳上午刚刚去过,找的也是这个人。还说两年前城西分局给他们发过协查,调查过单功。我当时就觉得奇怪,如果城西分局发过协查的话,我应该能查到才对呀,可为什么系统里根本没单功这个名字?我就托那个老兄把单功的资料给我传过来一份,等明天一早我拿给你。”

崔放问:“沙沟烂尾楼的案子和单功有关?”

“我猜有这个可能。”鲁邑说,“你听说今天新闻发布会的事了吗?有记者提了几个让钟囿挺尴尬的问题,暗示那个躺在医院里昏迷不醒的人是警方在贩毒集团的卧底。”

“卧底”这个词让崔放心里一阵颤抖，“是真的吗？”

“我不太清楚，不过，记者发现在公安局招待所里住进了一对老夫妻，他们去医院看望过受伤的人，记者怀疑他们是伤者的亲属。钟囿说两件事根本没有任何关系。不过，你还是自己判断吧。”

崔放沉默不语。他一时还没有理清这之中的关系。

“还有更有趣的。”鲁邑接着说，“我那个老朋友告诉我，宋佳还查阅了一起十年前发生在武登的绑架案的案卷，受害人是个十四岁的小女孩，叫关凌。”

“十四岁？那是在1998年？”

“是不是很巧？一直没发现女孩的下落，但也没发现尸体。”

“有没有照片？”尽管崔放知道十年的时间一个小女孩的相貌可能会有很大变化。

“明天会和单功的资料一起传给我。”鲁邑说，“我想，明天我们是不是应该分一下工？一个人去和沈兰谈谈，一个人去和曾仲良谈谈。我想曾仲良应该比冯兆兴更容易突破。”

“我记得明天早上专案组要开会。”

“我们在开会的时候碰个头，然后再决定怎么办。希望你睡个好觉。”挂电话之前，鲁邑说。

崔放等不到第二天了。

来到天香阁东路十四号院的时候，已经快十一点了。在二号楼下，崔放看到沈兰的屋子里黑着灯。但是他听见了歌声，从楼道里传来的沈兰的歌声。嗓音粗哑，有时带着点哭腔，有时夹杂着几声大笑，有时是几句诅咒。他想起了沈兰的邻居告诉他的话。

沈兰坐在二楼和三楼之间的缓台上，还是昨天那身打扮，身上的伤痕依旧。崔放怀疑，她身上的伤痕是被别人打的，还是每天这么摔跟头造成的？显然她喝多了，但没到人事不醒的地步。她唱的歌几乎不成调子，发音含混，实际上，那是在扯着嗓子喊，而不是在唱。她脸上有泪水，却还带着笑容，眼神迷茫，就连崔放走到她跟前她似乎也没有注意到。

难怪她的邻居们受不了，崔放想，要是有个不知情的半夜上楼看见她这个样子，不吓出心脏病才怪。

崔放走到她跟前，弯下腰："沈兰，还记得我吗？"

她看着他，但眼神空洞。她依旧唱着、哭着、笑着，坐在地上，双臂偶尔还配合着歌声做出一点动作，对周围的一切视而不见，充耳不闻。

"昨天你来公安局找我，还记得吗？"崔放犹豫了一下，又加了两个字，"关凌？"

她脸上的表情突然凝固了，双眼死死地瞪着崔放，崔放分不清那眼神的含义，惊诧？愤怒？恐惧？崔放说不清楚。她突然从地上站起来，飞快地向楼上跑去，崔放一把拽住她的胳膊。她痛苦地哼了一声，崔放意识到他碰到了她胳膊上的伤痕，但他没松手。她拼命挣扎着，嗓子里发出的声音就像垂死挣扎的野兽的哀号，一瞬间她似乎爆发出无穷的力量，崔放几乎都控制不住她了，不敢相信这个瘦小的身躯居然如此难以驾驭。

终于，她有点累了，她的挣扎渐渐停止了。她缓缓蹲下去，把头埋在双腿之间，她的长发披散下来挡住了她的脸，她喘息着、呜咽着。崔放也蹲下身子，但依然没松开手，他轻声说："我是来帮助你的。"

没有回应，她的肩膀不停地抽搐。

"你听见我说的话了吗？"崔放说，"你昨天找过我，对吗？你需要我的帮助，对吗？"

她终于说话了："滚开，离我远点。"她站起来，用力甩开崔放的手——这回崔放把手松开了，"我不认识你，你认错人了。"她转身准备上楼。

崔放抢上一步拦住她。

"让开！"她说，语气有点恶狠狠的。

崔放叹了口气，从兜里拿出一副手铐。“或者，我们好好谈谈，”他说，“或者，我以绑架曾南南的罪名逮捕你。”

她的表情一下子变了，又变成了昨天那个战战兢兢、无依无靠、容易受惊吓的沈兰。她张着嘴，眼睛吃惊地盯着崔放，似乎不知道崔放说的是什么意思。“你……你说什么……我没有……我什么都没做过……”她的眼睛里再次涌满泪水，她又要哭了。

崔放很遗憾用这样的手段对付沈兰。他说：“我要搜查你的住处。”

沈兰不再申辩，乖乖地领着崔放上了四楼，默默打开门，打开灯。然后呆呆地站在门厅的过道里，等候崔放发落。

这套房子和崔放住的那套格局差不多，就是稍大一点而已，家具也像崔放住的地方一样简单。看得出，这个地方只是为了住，而不是为了生活。

“找个能谈话的地方，好吗？”崔放的语气又缓和了。

沈兰把他领进了大一点的房间。房间中央有张折叠桌，还有几把椅子。崔放想这样的环境谈话挺合适，他让沈兰坐下，自己坐在她对面。

“我能不能去趟卫生间……”沈兰小心翼翼地说，嗓音有点颤抖。

崔放点点头。沈兰进去了，脚步有些踉跄。大约五分钟之后，崔放意识到她在干什么了，他想起了她胳膊上的针眼。

随着一阵冲水的声音，卫生间的门开了，沈兰走出来，乖乖坐在崔放对面，低着头，看上去情绪已经稳定多了。

“你认识单功吗？”看到沈兰迷惑的神色，崔放纠正，“你认识周伟吗？”

沈兰的脸上闪过一丝惊恐的神色，但还是点点头：“认识，”接着又胆怯地补充一句，“你刚才说的那些事情，不是我干的，我不知道你说的什么曾……曾南南，请你相信我……”她又眼泪汪汪了。

“你是关凌，十年前，是周伟把你绑架的？”

“你都知道了。”沈兰低声说。

“我想让你告诉我。”崔放说。

对于小时候,沈兰只有一些模糊的记忆,甚至连父母的面孔都记不清了。被绑架期间,她的记忆一片混乱,不过绑架她的人是周伟,她确定无疑。到现在,她还以为他就叫周伟。她记得周伟给她打了针,有时候也给她喝一种什么药水,大多数时间她都神志不清,直到到了B市。这也是她后来才知道的。那时候,她只记得她在一座郊外的大房子里,好多房间,比她在武登的家大不知多少倍。后来又过来两个女孩,大概比她大,她们仅仅是偶尔在房子里打个照面而已,互相知道对方的存在,从没说过话,没机会,也没人敢。

后来就是接客。说这些的时候,沈兰的语气平淡,就像是在说别人的事。她之所以记住冯兆兴是因为那是她有生以来的第一次,她记住了他的脸。为了防止她反抗,周伟事先给她打了一针。她有意识、有感觉,看得到、听得到,就是不能动。除了被绑架的那些日子,那是她一生中最黑暗的一天。为了防止她自杀,连续好多天,周伟每天都给她打针,喝药水,让她保持麻醉状态。

后来还有别人,但她说她都记不得了。开始每次接客周伟都给她打针,后来不打了,她也不再反抗。再后来,另外两个女孩不见了,她再也没见过她们。每隔一些日子,她不知道具体是多长时间,周伟会带她换个地方,同样的大房子,后来她知道那叫别墅。出门之前,周伟会给她打针或者喝药水。在那些地方,除了周围的景致不同,每天的日子几乎都是一样的。她又见过冯兆兴几次,那时候已经不需要再麻醉她了。

她后来的叙述,和邹东林的案卷上记录的差不多。她被卖给几家夜总会,然后她跑了出来。警察带她到医院做CT的时候,她跑了。现在她知道CT是怎么回事了,但当时她不明白。那个女警察没给她解释清楚,或者是她没听懂。巨大的机器把她吓坏了,她以为自己又要遭到什么折磨。

她流浪了一些日子，逐渐懂得了她可以靠自己的身体挣钱，这和在别墅里做的事没什么不同。就这么熬了一段时间，有上顿没下顿的，终于她对眼前的世界有了点儿了解。她想回家，她也的确回去过。可是当她回到家乡的时候，她发现这个地方比 B 市还要令她陌生。她对自己家乡的记忆和眼前的地方几乎没有任何不同。到处是陌生的人，陌生的街道。她不知道自己的家在哪儿，也想不起自己的父母。突然她觉得这一切都没有意义，她已经无法再回到从前的生活了，就算找到父母又能怎样呢？十年了，她早就不是关凌了。

她又回来了，混迹于发廊、夜总会、酒吧，只要能挣钱。她学会了抽烟、喝酒、吸毒，被酒精和毒品麻醉的时候，她偶尔能找到快乐。然后她又看到了周伟。当时她根本就没想到要逃跑，周伟也根本不担心她会跑。他只对她说："跟我走。"她就走了。就好像他们昨天才分手，今天又见面了一样。在周伟面前，她仅有的一点意志都丧失了。

她以为她又会回到从前的生活，没料到周伟给她租了房子，就让她住在这里。偶尔，周伟给她点钱，不多，但足够她生活。最重要的是，周伟给她提供毒品，要多少给多少，反正她从来没缺过。至少，她不必再出去做生意换毒品了。她知道周伟肯定有什么企图，但她不担心。还有比她现在更糟糕的境况吗？那还有什么可怕的呢？

直到两周前她在电视里看见冯兆兴。那张面孔突然激活了她的所有记忆，她想起了一生中最黑暗的那一刻。而电视里的冯兆兴春风满面，气宇轩昂。她突然产生了一股恨意。十年来，她几乎连恨都不会了。而那一刻，她找到了这样的感觉，她没再去城西分局，而是跑到市公安局，正好碰到鲁邑。可那一刻她又犹豫了，她不知道如果周伟知道她做的事会怎么收拾她，对周伟，她只有恐惧。然后她向鲁邑重复了一遍两年前对邹东林说过的话，跑了，留了个假地址。可这些日子，她一直被那个想法煎熬着。昨天，她抑制不住，再一次来到市局。

"后来的事你都知道了。"她对崔放说，"我真的没有绑架谁，你能相信我吗?”她再一次眼泪汪汪。

“我相信。”崔放说。他大约知道单功——也就是周伟把她安排在这里是什么意思了。如果郑裕没死,这一切都毫无意义,但郑裕死了,她就是一颗棋子,不知道什么时候就能派上用场。

现在崔放发愁的是,怎么安排沈兰?他不能把沈兰带回公安局,因为这瞒不过钟囿。他不清楚钟囿和这件事之间到底有什么联系,但从钟囿几次三番阻挠调查的情况看,把沈兰带到公安局保护起来并不明智。沈兰说,单功大概一个月来看她一次,上次见到单功是两周前。但崔放不想赌,现在和两周前不同,曾南南被绑架了,说不定单功随时都会回来。崔放不想把沈兰留在这里。实际上,他知道他应该通知公安局监视这个地方,可是通知谁呢?他能信任的只有鲁邑,可鲁邑也无职无权。他还有一个担心,怕沈兰再次跑掉,自己不能每时每刻看着她。要不把她带到自己的住处?可同样面临一个问题:照沈兰目前这种思维混乱的状况,她随时可能逃跑。

无奈之下,他又给鲁邑打了电话。他说:“抱歉真不该这个时候打扰你休息,可沈兰怎么办呢?”

鲁邑说:“带她去你家,我找个可靠的人陪着她住,你不反对吧?”

第二十一章

7月22日　星期天

曾南南失踪案专案组的人员得到了补充，多了十五个人，都是从其他分局抽调来的。九点整，程霄晋、方靖宜和钟圄一起进入了会议室。专案组成员们大概都没料到钟圄会来，马上一个个正襟危坐，嗡嗡的说话声停止了。

程霄晋说："钟局长对曾南南的失踪案十分关注，来听听这个案件的进展情况，同时也是对大家的鼓励。下面，请钟局长给我们作指示。"说这些的时候，程霄晋的心情很复杂。相比之下，钟圄更关注的应该是林柯的案子，如果他到金三顺那个专案组作作指示倒是更容易让人理解。

钟圄轻轻咳嗽一声："刚才程支队长的话我要纠正一下，我今天来这里，不仅仅是因为我个人对这个案件的关注，同时也代表刘局长，市委领导已经多次给刘局长打电话过问这个案子。大家都知道，曾南南失踪已经将近三天了。根据最新得到的消息，我们几乎可以肯定，曾南南是被绑架了。对于我们来讲，时间已经不能按天、按小时计算了，而是要按分钟、按秒来计算。九岁的小女孩危在旦夕。我们要做的是和绑匪抢时间。现在，专案组的人手已经得到了补充，请大家齐心协力，我们一定要将曾南南安全解救出来……"

等钟圄说完，程霄晋再次发言："布置任务之前，我需要明确一下纪律，我知道大家会有点不耐烦，但是鉴于昨天发生的事情，我不得不一再重申。昨天下午新闻发布会上的事情我不知道大家有没有听说，关于沙沟枪击案，媒体记者知道了许多他们不该知道的消息，让我们的工作陷入被动。至于记者们为什么会知道这些内幕，我相信大家心里清楚——我们内部的一些人为了点信息费出卖情报。”程霄晋顿了一下，目光环视所有在座的人，没人敢和他对视，然后他看见了崔放，微微点了点头——听说这个人不好驾驭，不过他毕竟还是来了。他的目光没有继续在崔放脸上停留，“我希望在座的诸位里没有这样的人。下面我们要宣布一些新发现，这些发现对找到曾南南可能很有帮助。我不希望看到媒体把这些线索公布出去影响案件的侦破甚至危及曾南南的性命。如果曾南南因为某些人泄露消息而遭遇不幸，我请这些人摸摸自己的良心！”

程霄晋从没发过这么大的火儿，现场鸦雀无声。过了片刻，程霄晋稳定了一下自己的情绪，接着说：“昨天下午，鲁邑和李咏发现了一些新情况，下面请他俩给我们介绍一下。”他看了看鲁邑的方向，却没发现李咏，他疑惑地问鲁邑，“李咏呢？”

鲁邑一脸无奈：“生病了，急性肠炎，正在医院输液。我想是昨天中午我们一起出去调查的时候吃的快餐不干净。”

“严重吗？”程霄晋问。

“我早上刚去医院看过。”鲁邑说，“没什么大事，不过下不了床，医生说这两天要留在医院观察。”

程霄晋心里有点遗憾，通过昨天的事，他认为在这个专案组里李咏的脑子还是不错的，没想到出了这样的事。“有空的话再去看看她，转达一下我们的问候。”他对鲁邑说，“那你就说说昨天的发现吧。”

“这些情况大部分是李咏发现的……”鲁邑打开笔记本，照本宣科地说了说他发现保姆韩瑞红失踪的过程，但省略了韩瑞红的姐姐韩梅是当年强奸案受害者的内容。鲁邑介绍了他和李咏对绑架者假冒搬家公司的厢式货车作案的分析，绑架者至少是一男一女，女的很可能是韩瑞红，男的则是单功。关于单功，鲁邑只是提到他的名字和相貌特征。他不能把自己知道的关于单功的所有信息都说出来，因为这必定会牵扯到沈兰。在没弄清钟囿在这一系列事件中到底扮演什么角色之前，他必须谨慎。这是他和崔放事先商量好的。

开会之前，鲁邑收到了从武登县发来的传真。1998 年那起绑架案的资料上贴着关凌十四岁时的照片。虽然相差十年，但毫无疑问那就是现在的沈兰。在单功的资料上也贴着一张照片，这是鲁邑和崔放第一次见到这个人。照片上的单功还很年轻，二十来岁的样子，剃着光头——据说现在也是光头，脸色阴沉。下面是一长串的犯罪记录以及在通河监狱里两年刑期的记载，时间是 1995 年到 1997 年。崔放立刻想到了鲁邑提供给他的郑裕的背景材料，郑裕也曾经入狱两年，服刑地点也是通河监狱，时间上基本和单功重合。崔放一直不明白郑裕和单功是怎么走到一起的，他们相差二十岁，身份又如此悬殊。现在他恍然大悟。

等鲁邑介绍完，程霄晋说："这些信息确实不是很具体，但比起前两天的一无所获，毕竟还是前进了一步。我们下面的调查将分以下几步进行：一是韩瑞红和单功的身份。韩瑞红比较好办，曾仲良和韩瑞红的姐姐都可以提供一些情况。但关于单功，我们只掌握一个名字，而且还不能完全肯定这就是他的真实姓名。我们将从本市范围开始查找，如果没线索，再扩大到周边地区。二是查找这两个人的行踪。我们手头有韩瑞红的照片，至于单功，我考虑可以请行动技术处的画像专家画模拟像。全市所有的分局和下辖派出所都会被动员起来，光头以及蜈蚣文身的男人是查找重点。在这方面还有一个问题请大家注意，保姆韩瑞红在曾副检察长家当保姆将近两年，曾副检察长和他的妻子对她相当满意，这里我们不排除韩瑞红是受人胁迫或者欺骗实施绑架，因此有可能她也会成为绑匪手中的人质之一。三是对所有交通要道设卡盘查，这个工作从专案组成立之日起就开始了，不过今天多了一项内容，就是两个涉案嫌疑人的具体信息。最后，也是工作量最大的一方面，就是绑架者使用的那辆车。绑架者使用的那辆厢式货车有可能是某个搬家公司的，也可能是用类似车辆伪装的。据我们初步统计，全市大大小小的搬家公司有七十多家，类似的厢式货车上千辆。我们可以把初步的调查范围暂时限定在城西区，即便如此，这样查下去也非常困难。如果绑架者使用的是伪装的搬家公司车辆，查找的难度就更大，因为绑架成功之后伪装就不必要了，所以我们的查询范围还不能仅限于搬家公司，要覆盖所有使用类似车辆的单位和个人。这个工作难度很大，几乎没有头绪，可又不能不做，在此我仅提出一种可能性：绑架实施当天，那辆厢式货车就停在检察院家属区附近，混在其他搬家公司的汽车中间，很难与它们区分，但也不是一点区别没有。绑架者或许可以把汽车的外观伪装得天衣无缝，但有一点他们做不到——搬运工，他们那辆车上的搬运工很少或者根本没有。这仅仅是一个提示，类似的漏洞可能还有，这就要靠在座各位发挥想象力了……”

听着程霄晋的分析，崔放不由得皱起了眉头。昨晚他刚刚知道，单功也是金三顺和宋佳调查的对象，他相信他们会向钟囿汇报这件事。可是听程霄晋的意思，他对单功一无所知，显然钟囿并没有向他说明，否则程霄晋根本就不必费力去查单功的情况。他不明白钟囿是不是故意的。这样一来就出现了一个有些滑稽的局面，他和鲁邑以及钟囿都对程霄晋隐瞒了同一个事实，而仅仅一墙之隔的沙沟枪击案专案组的金三顺和宋佳却分明掌握了这个情况。难道他们也没有对程霄晋提起这件事？崔放怀疑地看着程霄晋，他是装糊涂，还是真糊涂？但无论如何，去查单功身份的那些人恐怕会白费力气。

程霄晋把专案组成员分成三组，一组查绑匪的身份，一组查绑匪的下落，最后一组人最多——查车。鲁邑和崔放都被分配到查车的小组。钟囿对程霄晋耳语了几句，程霄晋皱着眉头听着，然后又对分组作了一个小调整——把崔放调到了查绑匪身份的小组里。钟囿走了。

查绑匪身份的这个小组包括崔放在内就两个人,另一个是负责整理会议纪要的邱红云。他们的任务是上网、打电话、查资料,总之就是在所有可能的地方寻找单功这个名字。这是个白费力气的活儿,崔放也明白了钟囿的用意,他就是想把崔放拴在公安局里,省得他再惹什么麻烦。

专案会议结束之后,各小组立刻分头开会,布置每个人的任务。崔放这个组比较省心,他和邱红云商量了一下,邱红云负责韩瑞红,崔放负责单功。表面上看,崔放把相对比较困难的工作留给了自己,邱红云十分领情。实际上,单功的大部分情况崔放已经掌握了,崔放主要是想让邱红云干点有用的工作,别瞎忙活。

大部分人都离开了,邱红云在忙着给各个分局和派出所打电话。崔放溜出会议室。

曾南南失踪案专案组设在城西分局四楼,往下一层,就是城西分局刑警大队,大部分刑警大队的人都在为沙沟枪击案忙活。这是个忙碌的周末,因为这两个案子,B 市的警察几乎没有一个能踏踏实实休息。

城西分局刑警大队长李清河听崔放说明来意,一脸诧异:“你们市局的人这两天怎么了?宋佳昨天刚刚问完这事,今天你又接着问,你们就不能一趟把事情都办利索了?”

“这是两个不同的案子,我和宋佳分别属于两个不同的专案组。”崔放尽量耐着性子,“只不过是碰巧了,我们的调查都涉及同一个人。”

“那你还是去问宋佳吧。”李清河不耐烦地说。

“宋佳说让我问你,他说这事最好还是你亲口告诉我。”崔放一副公事公办的口气,“李队长,如果你不愿意对我说,程支队长是曾南南失踪案专案组的组长,你对他讲也可以。”

李清河叹了口气,把他对宋佳说过的事情又对崔放讲了一遍,然后重重地把身子靠在椅背上："这两天撞邪了，为了这点破事儿，宋佳拿金支队压我，你拿程支队压我，我他妈的招谁惹谁了？"他又问崔放，"以后会不会还有人来问我？"

"这很难说，"崔放的口气十分郑重，"李队长，恕我直言，我非常怀疑你说的这件事的真实性。"

李清河神色一凛，"你什么意思？"

"你说钟局长让你放了单功，你就把他放了，这件事形成书面文件了吗？"

"没有……"李清河脸色突然间有点苍白，"钟局长的命令，还要什么……要什么……"

"就是说你没有，那么，你说钟局长拿走了单功的案卷，你有登记吗？"

李清河无言以对。

"你也没有？你还说是钟局长让你删除了电脑上关于单功的所有记录。这件事除了你自己之外，还有谁能证明？"

"当时钟局长说是省厅的案子……"李清河支支吾吾地说，"省厅……"

"你找省厅核实了？"崔放问。

李清河摇头。

"如果省厅说没这回事呢？"

"这怎么可能？"但他的表情说明，他相信这是可能的。

"现在，我们两个专案组都在查这个叫单功的人，你应该能想到这个人惹了多大麻烦。可就在两年前，已经抓到公安局的人又被你放了，你以为都推到钟局长身上你就没事了？"

"怎么是推？"李清河急了，"这是事实！"

"你有什么证据证明是钟局长的命令？所有事情都是你在办。你放了单功，你让手下人删了记录，你拿了案卷……"

"案卷！"李清河突然大声说，"案卷在钟局长那里，我亲自给他送去的，亲眼看见他把案卷锁在保险柜里。他不会不承认……”

“我愿意相信你的话，这件事我会一字不差地向程支队汇报，如果需要核实，他会去找钟局长。”

崔放把呆若木鸡的李清河留在办公室里。他已经百分之百确定，程霄晋对单功的了解和宋佳一样多，他也一定知道钟面这样做意味着什么。

单功是钟面的线人。

第二十二章

鲁邑的笔记本上列出了五家搬家公司的地址和联系电话，他今天的任务就是把这些搬家公司走访到位，了解他们有没有承接检察院家属院的搬家工作，如果有，都是哪些车，哪些司机，这些司机在7月19日下午是否到过家属院附近，有没有看到过什么情况，重点是有没有看到过可疑的车辆——可能车上没有搬家公司的标志，或者标志不清晰，也许那个标志是他们从没听说过的搬家公司的名字，也许是其他城区的搬家公司——家属院搬家的住户应该不会舍近求远。还要向司机和搬运工们打听，他们是否在那天下午看到什么可疑的人，这个人开着搬家公司的车，却没穿搬家公司的制服，他的车上也许没有搬运工，却有一个年轻女人和一个小女孩。

他已经走访了两个搬家公司，没有任何收获。接着他意识到自己忘记了一件事，检察院家属院的搬家还在继续，门口天天有搬家公司的厢式货车进进出出，为什么不先找这些人问问呢？如果这些搬家公司的老板们头脑活泛，他们不会放弃这样的机会，不会坐等着家属院里的人找上门。整个家属院的人都要搬走，这是一笔不小的生意呢。也不知道组里的其他人有没有想到这个问题。他想不如自己先去看看。鲁邑再次来到了检察院的家属院。

下午两点，正是日头毒的时候。远远地，他看见检察院家属院的门口停着两辆搬家公司的厢式货车，看样子是在这里趴活儿的。司机和搬运工们都蹲在树荫底下果皮箱边抽着烟聊天，果皮箱口上塞着几个快餐盒，还有几个人干脆靠在小区门口的围墙边上犯迷糊。

第二十二章

鲁邑正打算把车开过去，却看见从家属院大门里走出一个人。那巨人般的身材表明了他的身份。他顺着路边的树荫快步走着，他的步子迈得很大，他的一步几乎有普通人的两步。看着那个巨大的身影迅速消失在街角，鲁邑不由得心里嘀咕，今天是星期天，而且正是一天中最热的时候，他这是要去干什么，而且看样子还是步行。鲁邑踩了一脚油门，缓缓跟了上去。根据他行走的方向，他猜到他是要去检察院。这个时候去检察院干什么，处理这几天没做完的工作？鲁邑认为不会，以曾仲良目前的状态，他肯定无心工作。

曾仲良进了检察院的大门。鲁邑把车停在马路对面，等了几分钟才从车上下来，穿过马路。在检察院门口，他向门卫出示证件，“曾副检察长约我来的。”

门卫大概是刚刚看见曾仲良进去，没有丝毫怀疑。鲁邑边上楼边给崔放打电话，告诉他现在自己的位置。

崔放说：“咱们不是说好了，由我去接触曾仲良吗？”

鲁邑轻轻笑着：“确切地说，咱们说好由你去接触曾仲良，由我去接触沈兰。可昨晚你抢了我的生意。”

“曾仲良对你那种态度……”

“我已经走到这一步了，”鲁邑说，“你不是还要等一个电子邮件吗？再说，钟圃那边盯你也盯得紧，万一打个电话查岗你不在，他还会找你麻烦。”

“如果钟圃知道你又去找曾仲良了，恐怕你的麻烦比我大。”

“曾仲良已经快扛不住了，如果曾仲良能说出实情，钟圃知道了又能怎么样？就把这个机会给我吧，作为你昨晚擅自行动对我的补偿。”

结束通话，鲁邑已经出现在曾仲良办公室门口。门开着。曾仲良正坐在办公桌后面，拿着个手机，对着屏幕发呆。鲁邑以前在曾仲良办公桌的抽屉里见过这部手机。鲁邑的出现吓了他一跳，他赶紧把手机放回抽屉，站起身愤怒地质问：“怎么又是你？”

鲁邑又有了前天那种感觉,曾仲良巨大的身影再一次挡住了窗外的光线,屋子里瞬间又暗了一下,看见曾仲良愤怒得有些扭曲的表情,鲁邑不由得想起了李咏画的那张漫画。

“谁让你来的!”曾仲良的手伸向了桌上的电话。

“在你打这个电话之前,”鲁邑走进办公室,走到曾仲良对面,和他隔着一张办公桌,“我想告诉你一件事。”

“我没兴趣听你的事,”曾仲良已经拿起了话筒,“你马上出去,我不想和你谈话,不想见到你……”

鲁邑没理会他的话,自顾往下说:“我想告诉你,我已经知道是谁绑架了你的女儿。”

“就这些?”曾仲良一脸的不屑,“你们公安局昨天晚上就派人到我家了,不就是保姆和她那个男朋友吗?我已经把我知道的一切都告诉你们了,请你们不要再来打搅我了!”

“保姆的男朋友叫单功,这你也知道了吧?”

“你有完没完!”曾仲良吼道,“我早就知道了!你如果再不出去,我叫人请你出去!”

“你当然早就知道了,”鲁邑揶揄地说,“在你得知你女儿失踪的那一刻你就知道是谁干的了。”

曾仲良打算拨号的手停住了,他一脸疑惑地盯着鲁邑:“你在说什么,你知道你在说什么吗?你怎么敢这样对我说话?”

“我说的是什么你心里比我清楚。前天我第一次来的时候一直搞不懂,为什么你那么不合作,为什么你宁愿耽误宝贵的时间也在所不惜。现在我明白了,因为你一直就知道是谁绑架了你女儿。你不敢让我们找到他。”

“你在胡说些什么?”语调依然愤怒,但此刻曾仲良不敢直视鲁邑的眼睛。

“你认识关凌吗?”鲁邑突然问。

曾仲良目光茫然,鲁邑看得出他是在尽力回忆。

“你当然不会知道这个名字，你为什么要关心这些呢？一个不满十四岁的小女孩，毫无反抗能力，对你这样的庞然大物无可奈何，你有什么必要知道她的名字呢？”

曾仲良目瞪口呆，接着他好像有点站不住了，庞大的身躯颓然坐倒在身后的皮质转椅上，那椅子似乎无法承受如此巨大的压力，发出了令人担心的嘎吱嘎吱的声响。“你怎么……”他的话没说完，似乎是意识到此时不应该乱讲话。

鲁邑接过他的话：“你想问，我是怎么知道的，是吗？”

曾仲良突然弯下腰，打开最下面的那个抽屉，乱翻了一阵，他抬起头，目光又变得凶恶了。“是你，你把它拿走了！”

“是我拿的。你想把它要回来吗？我可以还给你。”鲁邑轻松地说。

“那是伪造的！那不能作为证据！是你想报复我！因为两年前我调查过你，你一直对我怀恨在心，所以你设法伪造了这个东西想要陷害我！”曾仲良越说声音越大，底气也渐渐足了，似乎这个突然产生的念头让他抓到了一根救命稻草，“没人会相信你的！”

“那么冯兆兴呢？他也收到了同样的东西，同一个女孩，不同的男人。他也是被陷害的了？”这个情况确实是鲁邑的猜测，他没有任何证据。但说出“冯兆兴”三个字，已经足够把曾仲良彻底打垮了。

“冯兆兴……”曾仲良喃喃地重复着这个名字。

“你们关系很熟，是吧？”鲁邑说，“你们一直保持联系。因为你们有一个共同的秘密，就是那个叫关凌的女孩，我请你记住这个名字，她叫关凌！”

“这都是你的猜测……”

“那我就和你说说我的猜测吧。还记得吗？你的抽屉里有一部手机——就是你刚才拿着的那个。那天我不小心看见了，顺便查了一下，你女儿失踪前一天，整整一个下午，冯兆兴用办公室电话和你这部手机通话十五次，累计时间三个多小时。你们之间有什么事情这么紧急？他干吗那么着急找你？”

曾仲良摇摇头，重复着：“你没有证据，我什么都不会告诉你……”

“那就由我来告诉你。他之所以那么着急，是因为你写给他的那张纸条。想起来了吗？就在你女儿失踪前不久你写给他的。字条上说得好感人啊，又是‘煎熬’又是‘折磨’的，谁那么大的胆子敢折磨副检察长？你还打算‘独自面对这一切’。什么意思，你是打算自首吗？可怎么又改主意了？是因为冯兆兴给你打的那些电话，还是因为有人绑架了你的女儿？”

鲁邑说话的时候，曾仲良缓缓坐直了身体，右手伸进第一个抽屉里，当那只手从抽屉里拿出来的时候，手里已经多了一支六四式手枪。他的眼中尽是绝望，语调冰冷：“继续说，把你知道的都告诉我。”

鲁邑记得那支枪。枪膛里还顶着一颗子弹，只要打开保险，随时都可以开枪。

“怎么，你打算打死我？在这里？在你的办公室里？”鲁邑吃惊地看着他，然后无所谓地耸耸肩，“好吧，我都告诉你。你就是不拿枪对着我，我也打算告诉你的。有人一直在拿那些录像敲诈你，我说得没错吧？先是郑裕——啊，你又吃惊了？是的，我知道郑裕。郑裕有多少贷款是从城市商业银行得到的？十年前，郑裕不过是一个刚刚出狱不久的混混儿，他哪有资金做房地产生意，哪个银行敢给他贷款？你爸爸的银行敢。为什么？因为他的宝贝儿子有大麻烦。这件事只要抖搂出来，不但身败名裂，还要坐牢。想想一个强奸犯在监狱里会受到什么样的优待吧。那里最恶心的人渣都不屑和你为伍。这些年你一直受郑裕的要挟，还有冯兆兴，他和你一样，也是垃圾中的垃圾。你们俩一个给他贷款，一个给他地皮，以超常规的速度培养出了一个亿万富翁，而且你还满怀热情地当他的‘法律顾问’……”

鲁邑停顿了一会儿，决定不提郑裕和曾仲良合伙污蔑自己刑讯逼供的事，他不想让曾仲良以为这是因为个人恩怨。事实上也不是这样。和崔放一样，他是在为了沈兰——或者关凌，或许还有那些其他不知名的受到同样虐待的女孩子。

“郑裕手里一直握着你们的把柄，是不是还有别人的，除了你和冯兆兴之外？”

曾仲良没有回答，他手里的枪在微微发抖。

鲁邑继续说：“不过郑裕也没有亏待你们，他给了你们不少好处吧？然后他突然死了，你们以为解脱了，噩梦彻底结束了，生活再次充满阳光。但是做梦也想不到又冒出一个单功，房地产大亨的前马仔，同时是个人贩子、毒贩子、拉皮条的，总之和郑裕一样是个彻头彻尾的恶棍。甚至还要糟糕，因为他没钱。他拿那些光盘敲诈你们，和郑裕一模一样。终于你首先受不了了，你给冯兆兴写了张条子，告诉他你打算说出这一切。可冯兆兴和你的想法不一样，他的副市长当得很滋润呢，他可不想跟着你一起完蛋。他告诉了单功，单功勾结你家保姆绑架了你女儿，就是为了让你闭嘴。”

鲁邑说完了，屋子里出现了片刻的沉默。曾仲良的嘴唇哆嗦着：“我不是故意的……不是故意的……他们把我灌醉了……把我带到那里……我……不知道我干了些什么……”

“从光盘上看可不像是这样。”鲁邑冷冷地说。

“我受骗了，他们告诉我，她……她就是一个妓女……”

“十四岁的妓女？”鲁邑愤怒了，“被麻醉了绑在床上的十四岁的妓女？你就是这么认为的吗？一个检察院的公务员就是这么认为的吗？”

曾仲良浑身颤抖，两行眼泪流了下来：“我已经为此付出代价了……”

“那就到公安局把一切都说出来，就像你前两天打算的那样。”

“我不能！”曾仲良又激动了，“我的女儿……我的女儿在他们手里！”

“无论你怎么样，”鲁邑说，“回去之后，我将向我的上级汇报今天在这里发生的一切。"

"你不能!"曾仲良吼道,他再次站起身来,手枪对着鲁邑的胸口,"我不允许你这么做!我不能让南南受到伤害!"

"你的女儿不能受到伤害,别人的女儿就无所谓。"鲁邑看着那支枪,保险已经打开,只要轻轻一碰,自己的胸口就会被打出一个大窟窿。"在你蹂躏那个十四岁女孩的时候,你有没有想过,她也有父母,她的父母和你一样,不想让自己的女儿受到任何伤害?"鲁邑鄙夷地看着他,尽管他拿着枪,面目狰狞,可他那巨大的身躯似乎萎缩了,"曾副检察长,我知道你的女儿是无辜的,但恕我直言,你就是一个穿着制服的人渣,是你害了她。你现在有两个选择,打死我,或者跟我去公安局自首。"

鲁邑平静地看着曾仲良的眼睛。曾仲良浑身颤抖,那支手枪似乎显得格外沉重,他已经拿不住它了。枪口渐渐下垂,接着,曾仲良脸上突然显出一种决绝的神情。他迅速将枪口对准自己的太阳穴,闭上了双眼。

一声闷响之后,他巨大的身躯倒在办公桌后,屋子里泛起一股火药味道,办公桌一侧的墙壁上都是他的血迹。

鲁邑木然盯着地上的尸体,他没想到曾仲良作出了第三种选择。但他对曾仲良没有丝毫同情,这样的人,不值得同情。他掏出手机,心想他该把这个糟糕的情况首先告诉谁。考虑了片刻,他首先拨通了崔放的号码:"我可能有麻烦了。"

第二十三章

“子弹从右侧太阳穴射入,从左侧穿出,颅骨粉碎性骨折,尸体头西脚东,除头部枪伤外,未见其他伤口。死者右手持六四式手枪……”屋里传来法医机械的声音,他正在对尸体进行初步检验。技术人员在周围忙碌。

程霄晋站在曾仲良的办公室门口,在技术人员勘察完毕之前,他还不想进入现场。钟囿站在他旁边,脸色铁青。鲁邑站在钟囿对面,低着头。

“你到这里来干什么?”钟囿压抑不住愤怒,“不是说不让你继续调查曾仲良了吗,你凭什么还来这里,谁允许的?”不等鲁邑回答,钟囿又问程霄晋,“昨天上午我记得对你说过这件事,你转告他了吗?”

鲁邑赶紧说:“程支队通知我了。”

“我没问你!”钟囿狠狠瞪着他,“你现在被停职了,等待接受调查!”然后他又转向程霄晋,“刘局长正在从省城赶回来的路上,我要先去市委汇报,这里的情况你先暂时负责吧。现在我们已经是手忙脚乱了。你要尽快得出个结论。”

钟囿匆匆走了。

程霄晋看看鲁邑,“说说吧,到底怎么回事。”

刚才鲁邑对钟囿解释的那些话,他一个字也不相信。他知道鲁邑的处境有点尴尬。他和曾仲良之间的过节人尽皆知。今天,他独自去检察院找曾仲良,有门卫的证词。进去不一会儿,曾仲良开枪自杀了。在法医没有完全确定是自杀还是他杀之前,鲁邑的嫌疑无法排除。但法医鉴定还需要很长时间,尸体解剖,枪弹检测,化合物残留检测,等等等等一系列复杂的程序,今天肯定不会有结果。程霄晋相信鲁邑不会愚蠢到这种地步,明目张胆地闯进检察院,开枪打死曾仲良并且伪造自杀现场。如果他打算收拾曾仲良,他可以有许多其他的办法,何必让自己变成唯一的嫌疑人?但鲁邑刚刚对钟囿的解释又实在是让人难以置信。

鲁邑说他一直怀疑曾仲良女儿被绑架可能是因为他对保姆韩瑞红不规矩,招致韩瑞红男友的嫉恨而对他进行报复。他怀疑曾仲良知道绑匪的一些情况,但鉴于某些原因没有对警方讲。于是他来到检察院想对他进行询问,结果话不投机,被曾仲良轰出来。他还没下楼,枪声就响了。联想到前天鲁邑私自调查曾仲良办公室的行为,程霄晋估计鲁邑知道许多自己不掌握的情况。

见鲁邑沉默不语,程霄晋又说:“老鲁,即便你有这样的怀疑,在专案组碰头会上你怎么不讲?”

“我担心有人会认为我对曾仲良有成见。”

“别人可能会这么想,但我不会。”程霄晋说,“难道你对我连这点信任都没有?难道你不能私下告诉我?你也不是新警察了,调查的程序你应该清楚,就算你对曾仲良有怀疑,找他了解情况,你也得再找一个人和你一起去呀?这种调查必须有两个人在场,难道你不清楚?”

“李咏住院了……”

“别人也都住院了?”程霄晋怀疑地盯着他,“这像一个老警察说的话吗?你是不是有什么事瞒着我?”

鲁邑支支吾吾地说:“程支队,给我几分钟让我考虑一下好不好?”

程霄晋叹口气:“好吧,不过我希望你考虑清楚,不要再有所隐瞒,现在的情况你知道,隐瞒得越多,你的处境就越不利。”

初步检查基本结束了。程霄晋套上一双鞋套,走进曾仲良的办公室,小心地不让自己碰到任何东西。有几只苍蝇已经开始围着曾仲良的尸体转悠了。绿头苍蝇,程霄晋想起法医曾经对他说过,这种苍蝇还有一个好听一点的名字,叫丽蝇。它们能在十公里外闻到尸体的味道,闻到血腥的气息。接着他又不由得想到,记者们也是这样。

透过办公室的窗户,他已经看到有几个记者在检察院门口探头探脑了,他们都被拦在外面。这几天发生了多少事啊,先是林柯受重伤,然后是副检察长的女儿被绑架,现在,副检察长本人也自杀了。等明天这个消息一公布出去,整个B市或许会爆炸——说不定现在已经爆炸了。

他隐约闻到了暴风雨的气息。

邱红云正在给韩瑞红老家的公安局打电话,一边说一边在本子上记录着什么。崔放坐在专案组会议室的一个角落,面前放着一台手提电脑,心不在焉。他一直在等一封电子邮件。他有种预感,那封电子邮件里的信息会解释这几天来发生的一切。

昨天晚上老许临走的时候,崔放终于答应给他个面子,让他帮忙查一下钟囿的情况。老许很诧异,钟囿是B市公安局的副局长,他问崔放知不知道自己在干什么。崔放说你不是想帮忙吗,那就别问那么多。他让老许主要查一下钟囿当卧底期间的情况。他听说这个案子是多年前省厅经办的。

对钟囿在B市的升迁,崔放不感兴趣。他想知道的是钟囿为什么要阻挠对沈兰案件的调查。这其中或许有来自郑裕、冯兆兴和曾仲良之流给他施加的压力,但这绝不是唯一的原因。钟囿这么做,很可能是为了保护单功。就像他两年前为单功开脱,把他弄出城西分局一样。警察在必要的时候会保护自己的线人,这一点可以理解。但钟囿显然走得太远了。单功是沙沟枪击案、曾南南失踪案、关凌绑架案这三起案件的重大嫌疑人,钟囿明知如此,却还要继续保护单功，这是犯罪。

直到下午那封邮件也没来，崔放估计老许那边也不太容易。没等到邮件，却等到了鲁邑的电话，几分钟前，曾仲良当着他的面自杀了。

崔放立刻意识到了鲁邑的麻烦。没有曾仲良的供词，单凭鲁邑一个人说出真相，恐怕不会有人相信。没有什么像样的证据能证明鲁邑说的话是真的。那张光盘毫无用处，模糊到了无法判断真伪的程度，它不是原件，即便对它进行数据恢复，也不一定会有什么结果。通过笔迹鉴定或许可以证明那张便笺纸上的字迹是曾仲良的亲笔，但它不完整，许多字句没有分辨出来，而且纸条上的内容含混，没有一句话是承认自己有罪的，因此可以有很多种解释。最后就剩下沈兰了，即使她愿意作证，她的证词也纯粹是单方面的，没有任何佐证。况且，考虑到沈兰现在的状态——吸毒、酗酒、经常性的歇斯底里，没人会相信她的话。更糟糕的是，鲁邑无法解释他是如何得到那些证据的，他不能说那是从曾仲良办公室里偷偷拿出来的，因为鲁邑和曾仲良之间的宿怨，认为鲁邑伪造证据陷害曾仲良的大有人在。

崔放在电话里告诉鲁邑，随便编个理由先应付着，尽量拖延时间。他们掌握的情况绝对不要对钟囿透露一丝一毫。对于程霄晋，如果实在应付不过去的话，可以告诉他一部分内容。但沈兰的事一个字也不能透露。现在，沈兰是这个案子的唯一知情人，她不能再出什么事了。说心里话，崔放很愿意信任程霄晋，他一直对这个老警察印象不错，但程霄晋在上午专案会议上的表现让崔放有点拿不准。程霄晋对单功的了解比他在会议上向大家透露的要多得多，他还不清楚程霄晋到底是怎么想的。

鉴于曾仲良的身份，下午市委可能会研究这件事。根据崔放对这些官儿们的了解，他们或许更希望息事宁人，而不是把盖子揭开。曾仲良的女儿被绑架，他担心女儿的安危，心情极度抑郁，这几天来一直处于高度紧张状态，终于导致精神崩溃，最后开枪自杀。这个解释听起来还说得过去。而且有一个人会力挺这种说法——冯兆兴。曾仲良死了，冯兆兴可以松一口气了。他和曾仲良不一样，曾仲良还曾经动摇过、犹豫过，想要向公安局说出真相。可冯兆兴是死心塌地绝对不会说什么的。郑裕一年前就死了，沈兰的话不会有人相信。冯兆兴有理由感到安全了——前提是公安局抓不到单功。

想到这里，崔放突然意识到一个问题。单功之所以绑架曾南南，是为了让曾仲良闭嘴。如今曾仲良自杀，再留着曾南南就没什么意义了，而且曾南南还会变成他的累赘。他是绝对不会把曾南南放回来的。同样，那个保姆韩瑞红如果真的和绑架有关的话，她恐怕也活不长了。还有沈兰，单功一直没有对沈兰做什么，是因为他把沈兰当做一颗棋子，曾仲良一死，沈兰也没用了。

没时间了。崔放不想就这么坐在会议室里，任凭这种状况继续恶化下去。他抬头看看窗外的天空，不知什么时候，遥远的天边聚拢了一团厚厚的云层，正在向城市的上空飘移，天色渐渐暗了下来。他记起天气预报说晚间有雷阵雨，看样子，这雨不会小。他看了看表，下午四点半，为了确认自己的判断，他给方靖宜打了个电话。

电话接通之后，他听见方靖宜疑惑的声音："崔放?"

崔放说："有点事想找钟局长汇报，可他办公室没人，手机也不接……"

"有什么事非要向钟局长汇报?"方靖宜似乎是有点生气，"我是你的专案组组长，有事你应该先向我汇报!"

"关于冯副市长的事情，钟局长那天找我谈话，说是关于这件事如果我再想起什么就直接找他……"

"好了……"方靖宜不耐烦地打断他，"钟局长在市委汇报，你要是想找他，可能还得等会儿。"电话断了。

崔放的判断得到证实，果然市委领导们都在开会，那么冯兆兴也应该在。他看看周围，邱红云神情专注地在电脑上录入她刚刚了解到的情况，偶尔有几个专案组成员进进出出，大家都在忙着，没人会注意到自己。他站起身，悄悄离开了专案组会议室。边下楼崔放边想，还不能让冯兆兴感觉那么踏实。他应该给冯兆兴施加一点压力，让他感到紧张。只有让他感到紧张，他才可能做出一些事情。崔放不知道他会做什么，但崔放必须迫使他有点行动，这样才能找到机会。

现在，崔放最怕的就是他的对手什么都不做。

第二十四章

从城西分局出来,崔放开着他那辆破桑塔纳直奔城北开发区。市委和市政府早在一年前就搬到这里的新办公区了,离市公安局不远。崔放把车停在市委大楼对面,观察着楼门口的动静。大楼前停着清一色的奥迪A6,只有车牌和排量的不同能显示出车主人之间身份的区别。崔放认出了钟囿的车,他那辆A6是银灰色的,在一排黑色的汽车中十分显眼。

已经五点了,市委的会议还没散。看来曾仲良的死确实引起了很大的麻烦。崔放想象着那些高层领导们都在研究着什么问题:曾仲良的死是不是和绑架他女儿的事件有关,或者和某些腐败案件有关——这是领导们必然会考虑到的问题,他们该如何向省委汇报这件事情,以及目前迫在眉睫的问题——如何面对新闻媒体。

天色越来越暗,刚刚还聚集在天边的乌云,现在几乎覆盖了城市的整个上空。空气潮湿闷热,让人感到呼吸都有点不顺畅。崔放那辆破车的空调本来就不灵,停车的时候开着和没开差不多,他干脆关掉发动机熄了火,顺手摇开车窗。他看到市委大楼的某一层——大概是十多层吧,崔放没仔细数——灯都亮了,接着,他看到程霄晋的车开进了市委大院。估计是钟囿把他叫去的,他自己一个人应付不过来了。

他想给鲁邑打个电话,也不知道鲁邑是怎么对程霄晋讲的,但这个时候鲁邑肯定在接受调查,他担心电话会引起不必要的麻烦。他拿出手机看了看,尽管他知道这样做毫无意义。如果有信息进来,手机会发出提示。手机一直没动静，崔放等了一整天的那封邮件还没到。他知道不必催老许，老许答应的事他肯定会尽全力办。查阅钟围这种曾经当过卧底的人的信息不那么容易，相关部门会对此守口如瓶。但他知道老许能办得到，否则老许昨晚根本不会答应。只是时间问题。时间。

七点前后，天完全黑下来了。空气中已经可以闻到一些暴雨来临前的气息。而市委的那个会议的结束似乎依然遥遥无期，程霄晋也一直没出来。到现在崔放也没想好一会儿会议结束之后如何接触冯兆兴，怎么向他施加压力。像冯兆兴这种滑头，没有铁板钉钉的证据，决不会开口说什么，就是把沈兰带到他面前也没用。可现在看来，冯兆兴是崔放唯一能走的一步棋了。

无论如何，崔放也要试试。曾南南随时都可能被灭口。想到这里，崔放一阵战栗。

手机突然振动了一下，是一条信息，只有短短的几个字：阅后请即刻删除。

老许已经把崔放需要的材料发到事先确定的邮箱里，按惯例，那种临时邮箱只能使用一次。崔放已经对手机进行了设定，他马上连接网络，进入邮箱下载邮件。可能是邮件太大了，也可能是网络问题，他看着屏幕下方的下载进度条，五分钟过去了，还不到百分之十五。照这样的速度，到八点能下载完就算快的了。

市委大楼那边还是没动静，天知道那个会议什么时候才开完。崔放急于知道邮件内容，考虑着是不是回市局自己的办公室，用办公室的电脑下载邮件，从这里开车到市局用不了五分钟，说不定等他看完邮件再回来还来得及。刚刚发动汽车，手机又传来一阵连续的振动，看到那个电话号码，崔放有一种不祥的预感。

是李咏的电话，她惊慌失措地说："沈兰跑了！"

昨晚崔放找到沈兰之后，想把沈兰安排到自己家里，可又担心没人看着她她会逃跑。鲁邑推荐了李咏，说这个小姑娘在他私自检查曾仲良办公室的时候帮他打掩护，第二天在方靖宜面前没出卖他，“是块好材料，有培养前途”。于是第二天一早，李咏谎称得了急性肠炎，跑到崔放家帮他照看沈兰。下午出来之前崔放还给李咏打过电话，李咏在电话里告诉他一切正常，没想到还是出了意外。

李咏说，整个上午沈兰还算挺乖的，没有闹过，就是不怎么对李咏说话。除了烟抽得多点，倒是也看不出什么异常。中午李咏给她下了点面条，她也吃了，还睡了个午觉。但到了下午，沈兰情绪有些烦躁，坐立不安的。李咏也没觉得有什么奇怪。崔放家里除了纸箱子还是纸箱子，连台电视都没有。箱子里那些书沈兰不感兴趣，连李咏都觉得很无聊。于是李咏打开崔放的手提电脑想上网给沈兰找点电视剧看看，可电脑设了开机密码。李咏担心崔放的电脑里可能有什么不愿意让别人看到的东西，也就作罢了。好不容易熬到天黑，鲁邑和崔放都没信儿。李咏打算继续给沈兰下面条，沈兰说要不咱们出去吃点吧，她的烟也没了，顺便买两盒上来。李咏想想也好，两个人就下了楼。但崔放家附近没几个像样的饭馆，沈兰嫌脏，李咏也觉得那些饭馆不卫生，出主意说要不然去麦当劳。最近的麦当劳在南三环边上的沃尔玛旁边。于是两个人坐出租车去了。麦当劳里人挺多，李咏好不容易给沈兰找了个座位，然后去排队买东西。等她端着盘子回来的时候，沈兰不见了。

崔放问这是什么时候的事，李咏说还不到十分钟，她现在还在麦当劳里找呢。崔放说你别找了，我知道她在哪儿。

李咏问："那现在我去哪里找她？"

"你别找了，先回我家，等会儿我把沈兰带回来。"崔放一脚油门，把车开上了马路。冯兆兴的事不得不放一放了，他要先找到沈兰。这个时候沈兰可千万不能出事。他又看了看手机，下载进度条上显示：85%。

崔放开着破桑塔纳直奔天香阁东路，手机就放在副驾驶座上，崔放时不时看上一眼，心里不住念叨：快点。

一边开车，崔放一边骂自己糊涂，昨天临走的时候怎么就忘了呢？李咏给崔放叙述沈兰逃跑的经过的时候，崔放就已经猜出来了。沈兰有毒瘾，他昨晚把沈兰带出来的时候，沈兰只拿了个随身的小包。今天一整天沈兰都没沾到毒品，当然坐卧不安。沈兰说过，她平时用的毒品都是单功提供的，那么，沈兰八成是回家了。

手机发出嘀的一声，下载结束了。崔放稍稍降低车速，拿过手机开始看电子邮件。既然知道沈兰去了哪里，崔放也就不太着急了。他知道南三环沃尔玛边上的那个麦当劳，从那里去天香阁东路最快也要半小时，沈兰十分钟前逃跑，现在肯定还没到家呢。到家之后她的第一件事不用猜，肯定是先过一会儿瘾。崔放完全来得及在她离开家之前堵住她。

用手机看电子邮件确实是不太方便，尤其是邮件内容比较长的时候。崔放不停地按着翻页键，还要不时看看前方的路况。要是早上出门的时候带着手提电脑就好了。邮件里关于钟囿简况介绍得很全面，但是没用，无非是从哪年到哪年，从什么职位到什么职位，他的家庭情况，他的父母是干什么的，他什么时候结婚，什么时候有的孩子，连孩子在哪儿上学都清清楚楚，但 1994 年到 1995 年之间的情况是一片空白。崔放猜测那大概就是他当卧底的时间。关于钟囿卧底的那件案子的情况就比较简单了，老许在这里作了个注释，说具体钟囿在卧底期间做了什么他实在查不到。文件中只记载了钟囿在那个案件中发挥了突出的作用，对侦破案件作出了很大的贡献云云。接下来的材料是钟囿卧底的那个犯罪团伙的情况，这些材料比较详尽。那是一个带有黑社会性质的犯罪团伙，拐卖妇女儿童并强迫妇女卖淫、贩毒、开设地下赌场等。最后是一份长长的名单，包括了那个案件中所有犯罪团伙成员的处理情况。几个主犯都枪毙了，其他人从死缓、无期依次往下排列，在最后一行，他看到了单功的名字，因为罪行比较轻微，认罪态度比较好，在通河监狱服刑两年。

崔放全都明白了。他删除了邮件，把手机放进兜里。这时，他的车已经开进了天香阁东路十四号院。

沈兰家的窗户亮着灯。楼门口还停着一辆白色金杯面包车。崔放记得上次来的时候没见过这辆车——如果此时是深更半夜，崔放或许会起疑心。但现在时间还早。他看看表，还不到八点半。崔放轻轻上了楼。沈兰家的门没有关严，开着一条缝。崔放能想象出沈兰迫不及待进屋找毒品的情景。他轻轻推开门，上次他和沈兰谈话的那间屋子的门也半开着，他走到门前，看到门后的地面上伸出一条女人的腿，穿着凉鞋，腿上有青一块紫一块的伤痕。就在他愣神的一瞬间，他感觉有什么东西裹挟着风声向他袭来，前额上重重挨了一下，然后就什么都不知道了……

第二十五章

7月22日 星期日 深夜

崔放尽量保持一条直线行驶，可是这太难了。汽车的震动让他觉得天旋地转。他不得不停了两次车。有那么一瞬间，崔放眼前一片漆黑，头脑一片空白，他几乎失去了意识。他不清楚这种状况持续了多长时间，他觉得应该不长，因为当意识恢复的时候，他发现自己还没把汽车开上便道。他努力稳住方向盘，紧盯路面的白线。天空中漆黑的云层在翻滚聚集，缓缓向头顶的方向压过来，云层中时不时闪过一片白光，接着是阵阵轰鸣，震得崔放的耳膜嗡嗡作响。

他的眼前再次一片模糊，不过这次是因为伤口的血。他感觉伤口又开始流血了。他抬起右臂，把血全都蹭在T恤的袖子上。对于疼痛，他几乎已经麻木了，可那种想要呕吐的感觉又来了。他深呼吸，他想挺过这一阵就好了。不过他知道，间歇性失去意识，还有这种想要呕吐的感觉，都是脑震荡的前兆，它们会越来越频繁地出现，直到他一头栽倒在地再也爬不起来，直到他丢了性命——如果他不去医院的话，颅内的血块肯定会要了他的命。但真的来不及了，只要进了医院，他就再也坚持不住了。他必须马上搞清楚沈兰在哪里，曾南南在哪里，或许还能找到韩瑞红——那个小保姆。

刚才袭击他的人即便不是单功，也是单功的同伙。他们把沈兰劫走了。这说明单功已经知道曾仲良死了。是谁告诉他的？崔放猜到了。单功这种人，崔放太了解了。如果他觉得必要，他会把沈兰、曾南南和韩瑞红一起做掉，眼睛都不眨一下。眼下，这三个人对他都没用处了。他必须找到单功的藏身之处。现在只有一个人知道单功藏在哪里，他必须和这个人谈谈。他知道按照程序自己应该怎么做，如果他还有理智，他应该通知程霄晋、金三顺或者宋佳，把所有事情都交给他们，自己乖乖去医院。但向他们解释清楚这件事情，他不知道一晚上的时间够不够。等他们听明白了，可能一切都结束了。更糟糕的是，他们还要核实他的话，还要商量，还要计划，说不定还要向某个高级领导汇报，等他们作决定——或者他们无法作出决定，于是再层层上报。都是因为那些该死的程序。这件事情该结束了。崔放想，以我自己的方式。

旁边传来急刹车的声音，崔放猛然警醒，接着他听到周围一片带着怒气的喇叭声，才意识到自己闯了红灯，他的车位于十字路口的中间。他不理睬周围那些愤怒的司机们，猛踩了一脚油门，车子开过路口。崔放提醒自己，小心开车，已经坚持到这一步了，如果死于交通事故，太不值了。

都市夜晚的灯光让他眼花缭乱。他放慢车速，努力辨认每一个路口，他觉得自己都快不认识这个地方了。他心里一遍又一遍地对自己说，集中注意力，就快到了。这是他有生以来最漫长的一段路程。车子开进城北开发区的时候，他看了看表，从沈兰的住处出来到现在，他花了四十五分钟。路过市委大楼，他特意朝那里看了一眼。大楼里的灯基本都黑了，楼前的那些奥迪车也都不见了。他继续朝前开，远远地，他看到了那座现代化的十六层建筑。他向那座大楼驶去，把车直接开进了楼前的停车场。

从车里钻出来的时候，他又一次头晕目眩。坐在车里的时间太长了，突然间站直身体，浑身的血液似乎一下子都冲进了大脑，剧烈的头痛再次袭来，他觉得自己的头要炸开了。他扶着车顶，喘息了好一阵，看见自己额头上的血滴在车顶上，一滴，两滴，三滴……照这样下去,他怀疑自己身体里的血会不会都流光了。他扶着车身慢慢移动到车尾,打开后备厢,从里面拿出一根铁撬棍,他把那根撬棍竖着夹在右臂里侧,以免看上去太显眼。

直到他觉得自己能稳稳当当走路了,他开始向大楼的正门走去。太晚了,除了一楼大厅,这座十六层的建筑里没有几个地方亮着灯。他特意看了看十五层,那里的窗户一片漆黑。

市公安局一楼大厅里依旧灯火通明,崔放迎着门卫和值班人员惊讶的目光走进去,偶尔碰上一两张熟悉的面孔。

“你没事吧?”有人问。

崔放想不起来那个人叫什么,“没事。”他没有停下脚步。这时他突然想到,当初第一次见到浑身是伤的沈兰的时候,她也是这么说的。

“你手里拿的什么?”那个声音继续问。

“证据。”他走到电梯跟前,按了按钮。电梯门立刻就开了,这个时候几乎没什么人使用电梯。他走进电梯,缓缓转过身——他不敢转得太猛,每一次改变姿势他都要小心,他随时都会倒下,他按了十五层。电梯门缓缓关闭的瞬间,他看见大厅光滑闪亮的地面上,沿着他一路进来的路线有几滴血迹。别再看地面了,他对自己说。

电梯启动了,突然间失重的感觉让他有点站立不稳,他赶紧扶住电梯的金属护板,金属护板映出崔放满是血污的脸。他的眼睛看着楼层指示灯,心里默默跟着计数。当的一声,电梯突然停下的时候,他再次感到一阵眩晕,不过和刚才相比,不是那么难以忍受了,他似乎习惯了。电梯门开了,他走出去,站在楼道里,回忆着钟囿的办公室到底在哪个方向。他想他应该记得的。楼道里灯光昏暗,没有一个办公室里有人。他按照记忆寻找那个办公室,走得有点踉踉跄跄。

是的,就是这里,前一天他还来过。当时他没料到自己这么快还要再来一次,不过这对钟囿来说更加意外。他站在门前,门是锁上的,毫无疑问。他把撬棍伸进门缝,屏住呼吸,他不确定自己还有没有这个力气，还要防止用力过度导致自己晕倒，千万不能晕倒。一阵刺耳的木头爆裂声之后，门开了大约一拳的宽度，崔放觉得身上已经出汗了，心脏在怦怦狂跳，庆幸的是，他没有晕倒。门和门框之间似乎还有什么东西连着，不过这已经挡不住崔放了，他用肩膀顶住门，没费劲门就开了，他听见什么东西掉在地上的声音，当的一声，很脆很响，他估计是门锁。

屋里潮热的气息扑面而来。崔放把门完全推开，在里侧的墙壁上摸索一阵，找到了灯的开关。瞬间，屋子里亮了起来。他站立了片刻，考虑着自己到底要找什么，他觉得自己的记忆力出了问题，回想一件事情需要很长时间。他想不起来自己到底要找什么，但他依稀记得那个东西就在这个办公室里。

迎面就是钟囿的办公桌，一侧是窗户，窗外的天空间或有一道闪电划过，接着是隐隐的雷声。这雨可真是沉得住气，居然拖到现在还没有下起来。酝酿的时间越长，雨就会下得越大。办公桌的背后是一排铁皮文件柜，都上着锁。办公桌的另一侧，沿着墙还有一排书柜，玻璃门，可以看到里面一排排的文件夹和书籍。那里应该不会放什么重要的东西。

崔放走到办公桌后，拉了拉铁皮文件柜的把手，果然都是锁着的。他撬开一个文件柜，里面的文件排得很整齐，他抽出几份翻了翻，没有他需要的，顺手把它们扔在地上。接着他意识到这样找下去没有意义，这样的文件柜一共有四组，如果每个里面都是这样的话，他看一宿也看不完。我到底要找什么？他问自己。

又是一阵头晕眼花，他坐在了钟囿的皮转椅上，稍微喘息了一会儿。这时他的脚踢到了什么东西，他低下头，看到一个墨绿色的保险柜，有密码锁的那种。是的，保险柜。他终于想起来了，城西分局的李清河对他提到过这个保险柜。但他不知道怎么把它打开，既然是保险柜，就是防止别人撬的。他不想做无益的尝试。

他拿起办公桌上的电话，拨了钟囿的手机号码。他想钟囿发现自己办公室的号码出现在手机上的时候一定会很吃惊吧，那你就来看看吧。半晌，那边终于接了电话，崔放听见钟囿犹豫不决的声音："喂……"他挂断了电话。晚上并不堵车，钟囿很快就会赶过来，而且肯定是一个人。

崔放开始撬办公桌的抽屉，他也不知道自己要找什么。抽屉一个个被打开，他没耐心一个一个查，干脆把抽屉抽出来，把里面的东西都倒在办公桌上。没什么值得注意的，但其中一个抽屉里倒出了一把手枪，估计是钟囿的佩枪。这是一支九二式九毫米自动手枪，据说最近刚刚配备警察使用，性能相当不错。相比之下，六四式手枪就是小砸炮了。他检查了一下弹夹，子弹是满的。他顺手上了膛，把枪插在自己的后腰上。

他又看看那张办公桌上的电脑显示器，考虑着钟囿会不会把重要的东西存在电脑里。他打开主机，电脑启动发出嗡嗡的声音，显示器亮了，WindowsXP 的开机画面之后，出现了用户界面，但需要输入密码。崔放不知道密码，也不知道怎么解这种密码。不过他知道一种更野蛮的方式。他关掉电源，弯下腰把电脑主机从桌子下面拖了出来，三下两下打开机箱盖，找到主板，卸下了主板上的电池。等了两秒钟，他又把电池重新装上。然后他再次接通电源，打开电脑。对付设了开机密码的电脑就这么简单，他想。他感谢教给他这种方法的那个家伙，可他早就忘记这是谁教给他的了。电脑再次启动的时候顺利进入了主界面。桌面上铺满了各种各样的图标，还有一大堆文件夹。每个文件夹里都是数不清的文档。他没时间挨个打开每个文档，于是打开搜索程序，输入单功的名字，结果什么也没找到。他又输入周伟的名字，依然没结果。他靠在靠背上思索了片刻，考虑着应该用哪些关键词。突然他想到了一个最简单的办法。他用鼠标点击开始菜单，把鼠标指向"我最近的文档"，在紧接着跳出来的下拉菜单上，他看到了一个叫"线人"的文档。线人，我可真笨，崔放想，当然是线人。

在那个叫线人的文档里,钟囿记录了所有他掌握的线人的名字,联系方式,常用住址,以及他们可以被追究的罪行。他没有找到单功的名字,却看到了周伟两个字。但在这个名字后面没有联系方式,也没有罪行的简单记录,却有四个地址。那四个地址有点眼熟,接着崔放想起来了,他曾经在郑裕的房产清单上见过,都是九十年代房地产热潮的时候买下的,现在却无人问津的房产。郑裕死后,他的妻子卖不掉它们,就把它们扔在那里等着发霉。单功当然知道那些地方。崔放突然想到,当年囚禁沈兰的地方是不是也是这里?沈兰说关押她的别墅在郊外,周围一片荒凉。那么现在,单功会不会把它们作为关押曾南南的地方?但是,这是四处地址,东一个西一个,而单功只可能在其中的一处。崔放不能一个一个找。没时间了。而且,考虑到自己的身体状况,他不知他还能坚持多久——他看到了办公桌上的血迹,从自己的伤口里流出来的。

估计时间差不多了,崔放站起身,顺便把身后的每个文件柜都撬开,抽出那些文件到处乱扔,看到屋子里一片狼藉,他很满意。

崔放离开了钟囿的办公室,把办公室的门虚掩着,自己则躲在安全梯的阴影里。过了一会儿,他听到了电梯门打开了,然后是轻微的、谨慎的脚步声。脚步声越来越近,已经来到了办公室跟前。他听见门被推开的声音,想象着钟囿的表情。他控制着自己的呼吸,等一会儿,几秒钟之后,他要有一次剧烈的身体运动。他绝不能在那个时候出问题,绝对不能!

他听见钟囿进去了,然后是一片寂静。看到办公室里的景象钟囿会很震惊,震惊之后,但愿他的第一反应是检查自己最重要的东西还在不住。崔放又听到了急促的脚步声,他走出安全梯,轻轻走到办公室门口。他估计钟囿已经在办公桌附近了,屋子里传来轻微的哒哒声,密码锁转动的声音。崔放想,就凭你这样的反应,真难以置信,你竟然当过卧底,竟然能活下来?当他听到咔嗒一声——保险柜打开的声音,他抽出手枪,以他能达到的最快的速度冲了进去,冲到办公桌后，对准弯着腰检查保险柜的钟囿就是一脚。钟囿被踹倒了，崔放也差点没有保持住平衡，但无论如何他还是站住了。保险柜的门晃悠着，崔放迅速弯下腰抽出里面的一个公文袋。

他的枪口对准钟囿。“别动，动就打死你！”说完这句话，他才看到了倒在地上的钟囿那惊愕的脸。

“崔放！你知不知道你在干什么！”钟囿吼道。

“喊吧，再大声一点，把所有值班的人都喊来。我想大家都会很感兴趣，我们俩究竟在这里干什么？”

“你想打死你的局长吗？”钟囿缓缓站了起来，声音降低了些，语气尽量保持威严。可他的眼睛却死死盯着崔放手中的文件袋。

“是副局长。”崔放纠正他，但并没有阻拦他站起来。他现在才注意到，钟囿第一次没穿警服——出来得太匆忙了——就连短袖T恤的衣襟都没塞到裤子里，和他平时干净利索的形象判若两人。崔放右手的枪依然指着钟囿，左手把公文袋平摊在桌面上，解开封口的线绳，抽出里面的东西，快速扫了一眼。他马上就明白那是什么了——第一页上贴着一张单功的照片，下面的标注是城西公安分局，时间是2006年。那是单功的案卷材料，是钟囿从城西分局拿走的。他用难以置信的口吻说：“钟局长，这实在是太不可思议了，你竟然没有销毁它！这真是不可饶恕的错误。”

钟囿脸色苍白，“你疯了。我不明白你的意思，但我认为你……”他停住不说了，盯着崔放的脸。

崔放感觉到有些粘粘的东西顺着额头的右侧流下来，伤口又流血了，可能是刚才的运动太剧烈了。钟囿注意到了，崔放想。崔放知道现在自己的脸上是什么样子，一定挺吓人的。他是不是在等着我晕倒？崔放觉得还是稳妥一点好，他坐在钟囿的皮转椅上，枪口依然摇摇晃晃地对准他。他把文件袋放在自己身上，掏出手机，给鲁邑拨了个电话。电话马上就接通了。

“你到哪儿去了，怎么总不回电话？”那边传来鲁邑的声音。

“别问为什么，”崔放说，“不论你现在在干什么，马上来钟囿的办公室。”

“可是为什么……”

“马上！”崔放几乎是在吼。他挂了电话。

他抬头看看钟囿，钟囿的目光正在办公桌上逡巡。“别找了。”崔放晃晃手里的枪，“你的家伙在这里。我劝你别打什么主意。前天你对我说你我有共同之处，我不否认。不过我们的不同之处更多。你当过卧底，你受过训练，我知道，不过你不知道我受的是什么训练，你不懂得八年期间每天面对死亡威胁的人会有什么样的反应。”崔放把手里的枪轻轻放到地面上，踢了一脚，枪正好滑到他和钟囿之间的位置。他看到了钟囿眼中的困惑。

在鲁邑来之前，不能出任何意外，崔放知道钟囿依然心存侥幸，跃跃欲试，而他现在要做的就是彻底摧毁钟囿的自信——这也是当年老许教他的，如果你不打算伤害你面前的人，又担心他威胁你的安全，那么你就要彻底摧毁他的自信，让他根本不敢反抗。

“试试吧，两个人，一把枪。”崔放盯着钟囿的眼睛，“说不定你有机会，打死我，销毁证据，通知单功赶紧把小女孩处理掉，等外面的人进来了，再编一套说辞，他们会相信你，你是局长——副局长。”

钟囿低头看着地上的枪，他的额头在冒汗，不是因为天热。他眼角的肌肉在微微抽搐，或许他自己根本没意识到。

“把枪捡起来。”崔放平静地说，“像个男人一样，别辜负了你曾经受过的训练。”

钟囿的双腿微微颤抖，脸上的汗流到了嘴角，鼻翼一张一合，呼吸急促。

“捡起来！”崔放突然吼道。

钟囿被吓得一个踉跄，身子向后退了一步，撞在文件柜上，接着，他顺着文件柜坐到了地上。“你到底想怎么样？”他的嗓音颤抖，几乎要哭出来了。

崔放鄙夷地看着他："他藏在哪儿？"

"谁……"

"单功，或者周伟，这两个名字，哪个对你更有意义？"

"我……我不知道……"

"别说你不认识他。"崔放抖了抖手里的案卷。

"那……那不是我的意思……我是执行命令……我根本不认识他。"

"执行谁的命令？你自己的命令？"崔放说，"你们认识，2005年以前你们就认识。那时候你们在干什么？你在当卧底，而单功是那个犯罪集团的小喽啰。破获那个犯罪团伙之后，你跑到城西分局当了刑警队队长，单功被判了两年。有趣的是，他和郑裕在同一个监狱里服刑。"

钟囿目瞪口呆："你怎么知道的……"

崔放没回答他的问题："他们俩先后出狱，郑裕回到B市打算重整旗鼓。单功在武登县绑架了十四岁的沈兰，也就是关凌。然后他们俩碰到一起。郑裕以前就认识冯兆兴，1998年的时候冯兆兴当上了国土局副局长；曾仲良在检察院虽然还不是什么大人物，可他爸爸是B市城市商业银行行长。郑裕做房地产生意，他需要地皮，需要贷款。于是单功就强迫关凌——或许还有其他女孩，为那两个人提供性服务，还录了像。如果是一般的妓女，那两个人也许不在乎，可关凌才十四岁，他们害怕了，直到郑裕死亡之前，他们一直受郑裕摆布。否则郑裕的生意怎么会做得那么顺？"

"那都是他们之间的事，和我没关系……"

"本来和你没关系，"崔放打断他，"直到2006年，"他看了看案卷，"单功因为非法携带毒品被城西分局抓了，你看到了他，认出了他，他也认出了你——曾经的同伙。"

"我那时候是卧底……"钟囿申辩。

"我也是卧底，"崔放说，"所以我很清楚当时是怎么回事。为了完成任务，或者仅仅是为了不让别人起疑心，为了自己的安全，我们不得不做一些对于一个警察来说很危险的事情，我们面对一些严重罪行无所作为，甚至还要参与进去。开始是被迫的，我们的良心受谴责，可当这种事成为习惯之后，或许就不那么在意了。我们有各种理由说服自己，为了大局，为了破案，为了更多的人不受伤害，等等等等。我们强迫自己相信这些鬼话。当时你和单功一起做了些什么？以至于他后来能用这些事情要挟你？”

钟囿的嘴唇哆嗦着：“那是迫不得已……”

“是的，”崔放说，“都是迫不得已。你我之间的区别仅仅是，破案之后，我把我做过的每一件事情毫无保留地告诉了我的上级，而你没有。你没想到那么多年之后会遇到单功，你们互相都认出了对方。单功看到当初和他一起鬼混的家伙居然当了公安局长，他会怎么想？而你呢，你意识到你的老底马上就要被揭穿了，这时候你正在飞黄腾达的路上。于是你找到他——”

“是他找的我。”钟囿说。

“是你找的他。”崔放纠正，“你是局长，你比他更害怕。然后你把他放了，把他变成你的线人。通过他，你知道了郑裕做过的事情。他把他参与的所有罪行都告诉了你，为的是把你变成他的同谋。他知道你不会把他怎么样。这是个危险的线人，你根本控制不了他。当沈兰——关凌逃出来报案的时候，你还要想方设法压下这个案子。你害怕单功被牵扯进去。你们成了绑在一根绳子上的蚂蚱，一荣俱荣，一损俱损。直到最后郑裕突然死了。冯兆兴和曾仲良以为他们终于自由了，不会再受郑裕的要挟了，但他们高兴得太早了，录像落到了单功手里。单功当时在做毒品生意，你知道，对吗？有时候单功还会给你提供点消息，对吗？”

钟囿没有回答，崔放也不需要他的回答。“单功做毒品生意没资金，他就拿着录像敲诈曾仲良和冯兆兴。你知道这一切，可你什么都不做。有一天曾仲良终于受不了这种折磨了，他给冯兆兴写了张条子，他要去自首，他要把发生的一切都说出来。冯兆兴担心自己的罪行败露，他通知了单功。于是单功把曾仲良的女儿绑架了，为的就是让他闭嘴。”

“这不是我让他干的——”

“如果曾仲良把这一切都捅出来，可能会把你牵连进去。你知道曾仲良的女儿是单功绑架的，你任凭这件事发生，却什么都不做。你知道单功要和老杜进行一次毒品交易，你知道老杜的人里有公安局的卧底，你怕单功被公安局抓住，于是通知单功取消这次交易。可单功根本不听你的。他和老杜改变了交易地点，吞了老杜的货，打伤了卧底——这比打死他还糟糕。或许单功不知道卧底的事，即便他知道他也不在乎。可你呢？你就任凭这一切发生！”

“林柯的事不是我的错！”钟囿的眼泪掉下来了，呜咽着，嗓音嘶哑，“我尽力了——”

“你是个自私、胆小、卑鄙的蠢货。”崔放站起身，上前两步，弯下腰捡起地上的枪。

钟囿紧张地看着他，“你要干什么——”

“现在，告诉我单功藏在哪里。”

“我不知道。”

“你必须告诉我。现在单功手里有三个人，曾南南、关凌、韩瑞红——三条人命！我提醒你，她们应该在郑裕的某座别墅里。告诉我那个地址。如果你告诉我她们在哪里，或许还不算太晚，你还有一线生机。如果你现在不说，我的确找不到她们……但我可以帮她们在九泉瞑目。”崔放把枪管直接塞进钟囿的嘴里，“我数到十，你想通了，就点头。一，二，三……”

钟囿惊恐地睁大眼睛，他的头拼命摇着。

“四，五，六……”

钟囿的嘴里发出呜呜的声音。崔放把枪稍微抽出来一点，钟囿嘴里发出含含糊糊的声音：“我真的不知道她们在哪里，你不能这样，我——”

崔放再次把枪筒深深地捅进去:“我听不懂你说什么,你要点头才行。”他继续数数,“七,八,九——”崔放语调平静,他扳开枪机。

随着一阵含义不明的呜咽,钟囿拼命点头,眼泪鼻涕一起流下来。崔放抽出手枪,看着他,不说话。

“小关村……北里的那座别墅……”钟囿大口喘着气,继而趴在地上号啕大哭。

崔放站起身,那个地址正是郑裕仅剩的四座房产之一。

走廊里响起一阵急促的脚步声,接着鲁邑出现在门口。他浑身上下湿淋淋的。崔放朝窗口望了望,窗外一片水幕,雨点打在玻璃上发出密集的声响,外面的景象全部被一层水雾遮挡了,什么也看不清。暴雨不知什么时候下起来的,他根本没注意到。

屋子里的景象肯定是鲁邑一辈子也想不到的——平时威严无比的钟副局长像个小孩一样趴在地上痛哭,血流满面手里拎着枪的崔放,还有一地的狼藉。他呆愣愣地看了半天,终于蹦出一句:“这是……怎么回事?”

崔放把单功的案卷资料扔给他:“看看你就明白了,剩下的让他告诉你。”他指着钟囿,钟囿依旧在旁若无人地痛哭,“记住,收走他的手机,不要让他给任何人打电话。”崔放有点担心钟囿恢复理智之后会找机会通知单功,如果单功把三个人质都杀了,而自己又把单功杀了,指控钟囿就有点麻烦,“然后通知程霄晋、金三顺,随便什么人。”他边说边向门口走去。突然意识到自己刚才的念头,我刚刚打算把单功杀了?

“你没事吧?”鲁邑看着他一脸的血,“你干什么去?”

“去救孩子。”崔放说,“告诉程霄晋,带人去小关村北里的那座别墅,电脑上面有具体地址。”经过鲁邑身边的时候,他拍拍他的肩膀,“记住我的话,盯住他。”他看看钟囿。“别让他打电话。”

“你不能一个人去……”鲁邑担心地说。

“我没事,我一向命大。”

第二十六章

刚刚从办公楼出来，崔放马上就被大雨浇透了，感觉就像兜头盖脸地被浇了一桶冷水。他打了个冷战。几分钟前在钟囿的办公室里他还觉得闷热无比，如今却像掉进了冰窟窿。头上包着伤口的那块毛巾被雨水浸透，滑到了他的眼睛上，他干脆把它扯掉了扔在地上。冰冷的雨水直接抽打在伤口上，他又是一阵头晕目眩。

他顶着大雨歪歪斜斜地来到他的桑塔纳旁边，打开车门钻了进去。稍微喘息了一会儿，他发动引擎，又打开了雨刷器。雨实在是太大了，雨刷器疯狂地左右摆动，但几乎不起什么作用。他缓缓把车倒出来，开出了公安局的大门。车灯照亮了前方，实际上，车灯只是照亮了前方的雨。除了看不到边际的雨幕，崔放几乎什么也分辨不出来。他只能凭着记忆和感觉，沿着路边路灯的方向小心翼翼地行驶。

一边开车，崔放一边祈祷，但愿单功还没动手，但愿时间还来得及。他又想到单功那边可能不止一个人。找到单功之后他该怎么办？等待程霄晋带着人赶到？当然可以。不过也可能，就在这段时间里单功杀了人质。他不能眼睁睁看着这一切发生。他腾出一只手，把掖在裤腰里的九二式自动手枪拿出来，扔在副驾驶座上。

突然间，他觉得这一刻的情景有些熟悉。也是一个雨夜。同样的大雨瓢泼。那时候，他刚刚进入五哥的外围圈子，五哥让他去发一批货。他知道只有做成这单生意才能取得五哥的信任，或许应该换一种说法——只有做成这单生意五哥才不会怀疑他。在毒贩的圈子里，根本没有信任二字。交易前一小时，五哥告诉他地点，交给他一箱中国白,还派了两个人跟着。他没时间也没机会通知任何人。交易地点在一个废弃的工厂里,对方也是三个人。领头的那个人脸上有道刀疤。崔放刚刚准备交易,刀疤脸就亮了家伙,指着崔放说他是警察的卧底。这种事在贩毒团伙之间很常见,如果一方打算黑吃黑,就会指责对方是卧底。可惜崔放当时不知道,他还以为自己真的暴露了。接着就是一场混战。两个同伙都中枪了,可崔放也把刀疤脸的两个手下放倒了。刀疤脸害怕了,钻进汽车逃跑。崔放开着车在雨中穷追不舍。他当时只有一个念头,追上他,杀了他,这关系到他的任务,或者还有他的生命。他终于追上了刀疤脸,用枪顶着他的脑袋,刀疤脸涕泪横流地求崔放饶他一命……

在这种时候居然想起了这些往事,崔放有点奇怪,但同时他也明白了,当他用枪顶着刀疤脸的脑袋的时候,他想到的只有任务,却忘了自己是个警察……

车轮陷到了泥里,崔放这才意识到他已经把车开上了郊区的土路。应该就是这里,在机场路的附近。他想起了那个地址。那片别墅是20世纪九十年代的产物,当时还没想到要在附近建机场,因为B市有机场。新机场是2000年以后建的,每天这里有上百架飞机起起落落,这片别墅遂无人问津。

费了半天力气,崔放才把桑塔纳开出了那个泥坑,幸亏是桑塔纳,底盘高,换辆车可能就开不出来了。雨似乎是小了一点,他已经渐渐能分辨出前方那片别墅了,没看见灯光。他熄灭了车灯,摸着黑渐渐靠近,雷声和雨声遮盖了汽车发出的噪音,崔放想他应该不会被发现。然后他看见在一幢破败的别墅前有两辆汽车的黑影。离近之后,他认出一辆白色金杯,就是刚才停在沈兰家楼下的那辆,还有一辆厢式货车,看不出颜色,但外形和搬家公司常用的那种车差不多。

他们还没有离开,这说明人质可能还活着。

崔放把车停在一座别墅后面,熄了火。这里离单功藏身的那座别墅大概有二十米左右的距离,从那座别墅里应该看不到他的车。

他掏出手机，拨了鲁邑的号码。电话刚接通他就说："我已经到了，他们就在这里。"

"崔放！你不要擅自行动，等我们支援，我们就在路上！"这不是鲁邑的声音。听上去比鲁邑要苍老许多，他猜到了，是程霄晋。

"你会发现那座别墅门前停着两辆车，一辆白色金杯，一辆厢式货车。"崔放说。

"崔放，你听见我的话了吗？"程霄晋几乎是在吼，"不要擅自行动，我们最多还有十分钟！"

"知道了。"崔放说，然后挂断电话，下了车，手里拎着枪。

比起刚才，雨的确小多了，至少能看清周围的景物，走在雨中也不那么费劲了。他贴着墙向那座别墅靠近。他当然希望程霄晋能及时赶到，但他更需要知道人质现在的状况。他已经来到了那座别墅的门前。这是一座二层的小楼，所有的窗户都漆黑一片，都有百叶窗挡着，或许里面还拉着窗帘。他看不到灯光。

他向门口靠近，上了几级台阶，站在门的一侧，靠着墙，闭了一会儿眼。被大雨浇了这么半天，他真的有点扛不住了，眼前的景物开始摇晃，越来越模糊。额头的伤口被雨水一淋，血水混着雨水一起流淌下来，挡住了眼睛。他深呼吸了几次，把血水都蹭在肩膀上。然后他站到门前，轻轻推了一下，没动静，或许锁着。他想再试一次，这次，他的手伸向了门把手。还没碰到，门把手突然自己转动了，接着门开了。

实际上，屋里的灯都开着，只是外面看不见而已。崔放早已适应了周围的黑暗，瞬间从打开的门里涌出来的灯光让他一时睁不开眼睛。他隐约看见对面一个人影，朦朦胧胧，是个男的。对面的家伙和崔放一样吃惊。他大概没料到门口会站着一个血流满面的男人。崔放放低枪口，毫不犹豫地冲他的下半身开了一枪。只要是男人，他就没有顾忌。

面前的男人倒在地上。崔放看都没看他一眼，从他的身体上跨了过去。崔放意识到,那男人出门是准备开车的,他们决不会带着人质走。那么,他们是不是已经动手了?不管怎么样,现在没时间考虑了。崔放踉踉跄跄冲进屋子,迅速判断着人质可能在什么位置。他现在正站在门厅的中央,正面是一道带拐弯的楼梯,左右两侧各有一条通道,通道两边都有房门,所有的门都关着。他选择直接上楼。

他开始爬楼梯。深一脚浅一脚的,磕磕绊绊,快速上楼梯产生的震动让他又是一阵天旋地转。刚刚拐过楼梯的缓台,他迎面遇上了一个人。那个人正在匆匆忙忙下楼,崔放没听见他的脚步声。他下意识地举起枪。接着他看到了那个人的脸,确切地说,是他的光头,亮闪闪的,映着屋里的灯光。终于,他第一次真正与单功面对面了。他们两个离得很近,崔放的枪几乎碰到了他的鼻子。看到崔放,单功的表情像是看到了鬼。他手里同样拎着枪,但还没来得及举起来。那一瞬间,崔放第一个念头就是冲着他亮闪闪的光头开火。那样的话,所有问题都解决了。他不知道人质有没有受到伤害,但现在单功并没有和人质在一起,打死他,一切的威胁就都不存在了。

崔放听见三声枪响。巨大的后坐力从他的手臂开始蔓延,像电流一样传遍他的全身,他被震得倒退了好几步,后背撞到墙上,只感到四肢麻木,眼前金星飞舞。他清楚地记得他只开了两枪。那么最后一枪应该是单功开的了。我可能要死了,崔放想。他等着自己倒在地上,片刻之后,却惊奇地发现自己依然靠墙站着,他觉得自己似乎没受什么伤。然后他看到单功躺在他面前的楼梯上,枪飞到了一边,两腿以下都是血。

崔放是对准单功的两个膝盖开的枪。正因为如此,单功才有机会还击。不过他中枪的时候身体已经失去平衡,子弹打飞了。单功在楼梯上痛苦地抽搐着,睁着惊恐的眼睛瞪着崔放,他的嘴张着,却只发出嘶哑而低沉的呻吟。原来你也懂得害怕!崔放挣扎着往前走了几步,靠在楼梯的扶手上,弯腰捡起单功掉在地上的枪,然后从单功身上跨过去。他要继续上楼,他的事还没做完,他要找到人质。

就像当年他并没有杀死刀疤脸一样，他也没有杀死单功。不过单功这辈子是再也站不起来了。崔放知道九二式手枪的威力。这种手枪的九毫米铅芯弹可能不如五四手枪的穿透力强，打不穿单功的膝盖，但它的停止力和杀伤力足够优秀，单功的膝盖骨会被打成碎片。

崔放上了二楼，一手一支枪，他不知道单功还有没有同伙。右侧的走廊边有一扇开着的门，他摇摇晃晃走到门口，迎面看到房间对面的墙边坐着三个人，两个大人和一个孩子，嘴都被胶布封住了：浑身是伤的沈兰双手被捆在背后，双脚也被捆着；沈兰身旁有一个二十岁上下的女孩——那应该是韩瑞红，和沈兰一样，她也被捆着；一个小女孩靠在她身上，是曾南南，她没有被捆绑，但神志不清，不知是病了还是被麻醉了，崔放想后一种可能更大一点。

沈兰惊讶地瞪着崔放，接着她的目光转向旁边。顺着她的视线，崔放看到她们身边还站着一个大汉，正不知所措地看着崔放，大概是被崔放吓蒙了。崔放现在的样子也确实够吓人的。他注意到大汉手里没有武器。崔放盯着那个大汉，一字一顿地说："滚出去。"

大汉惊愕地瞪着眼睛，似乎没明白崔放的意思。

崔放重复了一遍："滚出去，我不会打死你。"

大汉犹豫了几秒钟，后退了几步，退到门口的时候又站住了。但最终他还是想通了，迅速转身向楼下跑去，崔放听见咚咚咚的脚步声。那个家伙逃不远，因为程霄晋马上就要来了。崔放觉得这段时间很漫长，似乎像人的一生一样漫长，但他清楚，实际上，从他进屋到现在，或许只有一两分钟。

"我一共遇到了三个，"崔放望着沈兰。"还有别人吗？"

沈兰冲他拼命摇头，眼中全是泪水。

崔放费力地拖着两条腿来到沈兰身旁，他想弯下腰解开沈兰身上的绳索，但已经没有力气了。他干脆靠在墙上，都结束了，他想。这个想法一冒出来，他的双腿再也站不住了，于是顺着墙慢慢滑到地上。他就这么坐在地上,坐在沈兰身边,轻轻对她说:“别担心,一切都过去了,没事了,不会有人再伤害你了。”

他隐隐约约听到外面一阵嘈杂,是许多汽车停车的声音,杂沓的开关车门的声音,有人用扩音器在喊话,但听不明白说的是什么。他知道程霄晋来了。

他的眼前再次模糊起来,这回不是因为伤口的血。他觉得很累,脖子有点支撑不住他的脑袋了。或许我该睡一会儿了,他想,终于可以睡一会儿了。他把头靠在沈兰的肩膀上,睡着了。

尾　声

B 市刑警支队七大队的办公区空出了一张桌子。上面的东西都被收走了,连一张纸都没有留下。曾经坐在那个位置上总是有点心不在焉的男人再也没有出现过。

鲁邑偶尔从七大队的玻璃隔断前经过,总会不由自主地停住脚步,对着那张空空如也的桌子发上一阵呆。

图书在版编目（CIP）数据

危险关系 / 刘心一著.—北京：群众出版社，2010.1
ISBN 978-7-5014-4617-9

Ⅰ. ①危 … Ⅱ. ①刘… Ⅲ. ①长篇小说-中国-当代
Ⅳ. ①I 247.5

中国版本图书馆 CIP 数据核字（2009）第 208672 号

危险关系

著　　者 / 刘心一
责任编辑 / 杨桂峰
封面设计 / 王陆闻
技术设计 / 祝燕君

出版发行 / 群众出版社　电话:（010）52173000 转
社　　址 / 北京市丰台区方庄芳星园三区 15 号楼
网　　址 / www. qzcbs. com
信　　箱 / qzs@ qzcbs. com
经　　销 / 新华书店
印　　刷 / 北京通天印刷有限责任公司

880×1230 毫米　32 开本　6.75 印张　170 千字　插页 1
2010 年 1 月第 1 版　　2010 年 1 月第 1 次印刷
印数：0001—6000 册

ISBN 978-7-5014-4617-9 / I · 1902　　定价：20.00 元